切ない恋を、碧い海が見ていた。

朝霧 繭

JN210501

STARTS
スターツ出版株式会社

好きな人を自分のものにしたい。
それが自然の感情なのかもしれないけれど、
私の感情はそれよりも少し先にあった。
そして帰る道を見失った。

見失って初めて、
君のもとに帰りたい。
強くそう思った。

目次

切ない恋を、碧い海が見ていた。

第一章　一本の電話　calling me

それは本当に、突然のことだった。

暑い暑い夏の日、スタッフルームで、買ったばかりのスマホが振動した。それに気づいた優子が、声をかけてくれる。

「ナツ、鳴ってるよ」

「うん」

画面に「お母さん」という文字が映し出される。着信だった。

ちょうど休憩時間だったこともあり、私は何のためらいもなく電話を取った。

「もしもし？　お母さん？」

どうせ、バイト帰りに醤油を買ってこいだとかいうような、しょうもない用事だと思った。

そうだったら、良かったのに。

『あ、夏海《なつみ》？』

「はいはい」

『アンタ、来週まるまる一週間、バイト休みなさい』

……は？　一週間？

「へっ⁉」と思わずすっとんきょうな声を上げて、スマホを握り締めた。無意識に、受話口に右耳を強く押し当てる。

「は？　ごめん、何言ってるのかわからない」

『だから、バイトを休みなさいって言ってるの』

「なんでよ、無理だってばっ！　この時期忙しいんだか――」

プツッ。有無を言わさず、電話が切れた。

メチャクチャすぎる。

私は今、自由な時間が多い大学生活の真っ盛り。前から働いてみたいと思っていたイタリアンレストランで、親友の優子から誘われて接客バイトをすることになった。レストランは最近話題のブログに取り上げられたこともあり、なかなか繁盛している。いきなり一週間も休むなんて迷惑だ。

仕方なく、もう一度かけ直す。

『……何よ』

不機嫌そうに電話に出たお母さんに、それはこっちの台詞じゃーっ！　……と言いたい気持ちを抑え、冷静に聞いてみる。

「あのね。理由もなしに休みの申請なんかできないの。しかも一週間も」

『結婚式があるのよ』

「………」

昔っからお母さんの話は、主語述語がメチャクチャ。いきなりポンッとそんなこと言われたって、何が何だかわからない。

「結婚式って……誰の？」

『アンタの』

「は!?　私の!?」

『違うわよ。アンタの、幼なじみの、桂川碧《かつらがわあおい》くん。……って覚えてる？」

ぽろ……と、スマホを落とした。あまりに自然な、体の動きだった。

休憩終了、と言いにきたバイト仲間の声も、はるか遠くに聞こえた。

きっと、お母さんの話を受け入れるには、私はあまりにも無防備すぎた。

「店長、すみません」

「おっす、ナツ。どしたの？」

厨房に入ると、店長が張り切って新作メニューを考えているところだった。いかにもいい人！　っていう感じの、ちょび髭《ひげ》のおじさん。いつも気さくな笑顔で、私の話を受け入れてくれる。

「来週……まるまる一週間休みをいただきたいんですけど」

そこから先、どんな会話をして休みをもらうことになって、何をして帰ってきたのか、正直よく覚えていない。

帰宅後、私は自分の部屋に直行してベッドにダイブした。

枕元に放ってある、流行りのクマのキャラクターのぬいぐるみを抱き締めた。これでもかというほどに、抱き締めた。

「……なんで……」

ふわふわとしたクマの頭に顔を埋めると、自分でも驚くほどにかすれた声が出た。

……情けなくて、ひどく弱々しい声。

その次の瞬間。コンコンとノックがあって、私の心臓は思いっきり飛び跳ねた。

「入るよ、お姉ちゃん！」

「は、入ってこないで……」

私の小さな声での返答なんて、呆気なく無視される。

遠慮なくドアを開けて部屋に入ってきたのは、妹の香奈《かな》。誰がどう見ても元気いっぱいのスポーツ少女で、短パンにTシャツというラフな格好をしている。彼女は興奮で肩を弾ませていて、長いポニーテールが揺れている。何かを言いたくてたまらないようだった。

その〝何か〟は、わかっている。

――言わないで。言わないでよ。

「お姉ちゃん、聞いた!?　碧兄ちゃん、結婚するって！」

……思いっきり言ってのけてくれたおかげで、私はぬいぐるみを抱いたままベッドの上から転がり落ちた。

「ちょっ、お姉ちゃん!?」

「いっ、いひゃい………」

情けない声を上げて、頭をさすった。

クマが下敷きになってくれたおかげで、さほどの衝撃はなかったけれど。

ココロが、痛い。

「もうホントびっくりだよ。相手どんな人なんだろ…」

悪びれた様子もなく、香奈は転がり落ちた私の代わりに、ベッドに腰かけた。

おまけにぬいぐるみまで取り上げて、可愛いクマの顔をむぎゅむぎゅともてあそび始める。こらこら。

「香奈、返してよっ」

「びっくりしたなぁ。まさか結婚だなんて」

「何がよ。碧だって、あの容姿なら余裕で彼女ぐらいできるわよ」

目をそらしてそっけなく言うと、香奈は「そうじゃなくて」とクマを私に返しながら、続けた。

「碧兄ちゃんは、お姉ちゃんが好きなんだろうなって思ってたから」

私は唇を噛んで、ココロの痛みに耐えた。

乾いたココロをぴりっとした鋭い痛みが襲う。

……うん。私も、そう思ってたよ。

そう笑って答えられたらいいのに。

「向こうにいたとき、あたし、まだ小さかったでしょ？　でも小さいながらに、碧兄ちゃんと夏海お姉ちゃんは王子様とお姫様に見えてたんだよね」

ほら。また、そんなことを言うから。

胸が詰まって、何も答えられなくなる。

「……お姉ちゃん？」

「そう……だね」

それ以上何も言わない私の顔を、のぞき込んでくる。悟られないように、精一杯の笑顔で応えた。

「碧は私にとっての、恋愛対象ではなかったからね」

香奈の、くりくりとした可愛い瞳が輝いた。

「そっかぁ。碧兄ちゃんもイケメンだったけど、お姉ちゃんもすっごい美人だもんね。お姉ちゃん、今は彼氏いなかったっけ？」

「いないよ。今は忙しいし」

「それにしても、一週間かけて　帰郷だなんて……お母さんも好きだよねぇ」

香奈は肩をすくめてみせた。

私もクスッと笑って、「そうだね」と言う。

「八年ぶり、だもんね」

八年前、私は中学二年生だった。そして碧は、中学三年生。

対して香奈は、小学校の高学年になったばかりだったはずだ。

子供にとっての八年は早い。あっという間に、いろんなことが変わってしまう。変わってほしいものも、変わってほしくないものも。

あの頃の碧は、いつの間にか男の子から〝男〟になっていて。私をいとも簡単に、とまどわせた。

お父さんの転勤の都合で、私たちがあの場所を離れてから、もう八年。ずいぶん長い時間が経《た》ってしまった。

記憶の中の彼の笑顔が、あまりはっきりとは思い出せない。忘れるわけないと思っていたのに、自信がなくなってくる。

もう会えないんだろうか。私の知らない人と一緒になって、遠い場所へ行ってしまうんだろうか。「結婚する」。たったそれだけのことなのに、なんでこんなに胸がしめつけられるんだろう。

――会いたい。早く、会わなくちゃ。

気がつけば、体が勝手に動いていた。

「香奈」

私はそっと立ち上がって、クマをベッドの上に戻した。

「んっ？」

きょとんとした表情の香奈に背を向け、クローゼットを開く。

「行こうか」

「へ？　……どこへ？」

「なんかもう、待ってられないの」

私はボストンバッグを取り出して、Tシャツやら何だかんだを詰め込み始めた。

香奈が驚いて、ベッドからぴょんと飛び降りる。

「ちょ……ほ、本気で!?」

「もちろん」

いつだって私は、本気だ。

一向に手を止める気配のない私を見て、香奈も自分の部屋へと戻っていった。

最悪、香奈が付いてこなくてもひとりで行こうと思っていた。

今さら焦《あせ》ったって、どうにもならないってわかってる。

だけど何ともいえない衝動に駆られていた。

「お母さん！　私、先に行くから！」

「……ええ!?」

「いろいろ寄りたい所あるし、ひとりで先に行くから。じゃあ、後でね」

何の計画性もないところは、私もお母さんに似ているかもしれない。

血は争えないものだ。

「ひとりで、って！」

目を丸くするお母さんにかまわず、私は玄関に一度荷物を下ろすと靴を履いた。

そのとき、

「待った待った。あたしも行くから」

私と色違いのボストンバッグを持った香奈も、二階から降りてきた。バッグのファスナーが締まりきっていないし、格好もラフなままだ。よっぽど急いで準備したんだろう。

「ちょっと！　香奈まで先行っちゃったら、お母さん寂しいじゃないっ」

寂しがるお母さんをよそに、私はきゅっと靴ひもを結んで立ち上がった。

「どうせバイト休みなんだし、早めに行ってくるよ。向こうで合流しよ」

「もうっ……」

私はボストンバッグを持ち上げると玄関を出た。待って待って！　と急いで靴を履いて、香奈が私を追ってくる。

「先出てるよ、香奈」

家を出て少し歩いたところで、香奈は「お姉ちゃん」と、私をもう一度呼び止めた。

振り向きたくなくて、聞こえないふりをしたまますずんずんと歩き続けた。けれども香奈は、私に投げかけた。

一番聞きたくない言葉を。

「やっぱりお姉ちゃん……碧兄ちゃんが、好きなんでしょ」

——時間が止まったような気が、した。

第二章　痛み　painful

いつからだろうか。

気がついた時には、君はもうずっと特別だった。

他の何にも代えられない存在だった。


学校の帰り道、碧の後ろ姿を見つけたらいつも駆け寄った。

腕にぎゅっとしがみついた。

「夏海じゃん」

「碧、宿題手伝って！」

「……自分でやれよ」

ひとつ年上の男の子を〝碧〟と呼び捨てにしてくる。ふわふわと、空気のようにまとわりつく。そんな私は、彼を好きな女の子たちにとっては、だいぶ目ざわりだったのかもしれない。

「アンタ、調子に乗ってつきまとわないでよ」

碧と同学年の女の子たちにシメられたこともあった。

それでも碧はいつだって、助けてくれた。

そしていつも、柔らかく笑うんだ。「怖い思いさせてごめんな」って。

母方の祖父がフランス人でいわゆる〝クォーター〟らしい彼は、その名前どおり碧色がかったきれいな瞳をしていた。白くてきれいな肌、整った鼻筋、すらりと伸びた長い手足。学校でも一番格好良くて、一番勉強ができる男の子だった。

お母さん同士が職場仲間でなかったら、私もただ遠くから見ているだけだっただろう。

そんな彼は、私の自慢の幼なじみだった。優しくて、大好きなお兄ちゃん。でも特に私が好きだったのは〝私のことを好きな碧〟だったように思う。

碧が私を大事な女の子として想ってくれている、その好意には気づいていた。

それは思い込みでも、誰に聞いたでもなく、碧の言動とか私に向ける視線とかで、自然と伝わってしまうものだった。

彼もきっとわかってほしかったんだと思う。私はいつも、知らないふりをしてきたから。

嫌いなわけじゃない。

好き。すごく、大好き。

それでもあの頃の私はまだまだ子供で、碧には〝優しいお兄ちゃん〟でいてほしかった。宿題を見てくれて、困った時には助けてくれて、悲しい時には頭をなでてくれて。心地良い温度で、甘やかしてくれる。……まだ、そんな場所にいたかった。

子供とはいえ、中学生になって、周りのクラスメイトたちも恋というものをし始めていた。

私にはわかっていた。碧の〝好き〟と、私の〝好き〟は種類が違うということ。

……そして碧は、もっと、痛いぐらいにわかっていただろうと思う。


——ガタン……ッ。

窓の縁に軽く頭をぶつけて、私は目を覚ました。

肩に重みを感じる。香奈が私に寄りかかって眠っていた。

夜行バスは、いよいよ目的地に差しかかっているようだ。

寝ぼけた目をこすりながら、私はそっと窓の外を見た。すぐにはわからなかったけれど、だんだん目覚めてくるにつれて、目の前の景色を思い出してくる。

八年前の……景色。

あぁ、こんな感じの場所だったたっけな。

私はちょっと微笑んで、手をそっと窓に当てた。そして、ぽつりと呟いていた。

「もう私だけのお兄ちゃんじゃないんだな」

勢いのあまり家を飛び出してこんなところまで来てしまったのは、きっとそれが寂しいからだ。

結婚したら、もっともっと遠くに行ってしまうかもしれない。

あのころ中学生だった私のことなんて、あっという間に忘れてしまうかもしれない。

「それだけ?」

ビクッ、と体が跳ねた。

私の肩に寄りかかったままの香奈が、じっと上目遣いでこっちを見ていた。

「本当に、それだけなの?」

香奈の目が少しだけキツい。可愛い口を軽くとがらせて、そんなことを言う。

「……何がよ」

平静を取り繕ってそう返すと、香奈は「べっつにー!」とそっぽを向いた。

だから私も、それ以上聞き返さないことにした。

ぼんやりとした早朝の景色は、なぜか余計に私を切なくさせた。だけどバスを降りると、もっと肝心なことに気づいた。

「……あれ、ここからどう行くんだったっけ」

「ええ!?」

夏だけど、さすがに早朝はひんやりとした空気が身を包む。

先だけ軽く巻いた髪が、ふわっと風に持ち上げられる。そして風よりも断然冷たい、妹の軽蔑の眼差し。

「いくら八年ぶりとはいえ、覚えてないの？」

「さすがに家の近所は覚えてるけど、高速バスなんて使ったことないし。ここからどう行ったらいいかわかんないっていうか。そんなに離れてはないと思うんだけど……」

「まったくもうっ」

香奈はバッグから、アイスクリーム型のケースを被ったスマホを取り出した。そして迷いなくスマホをタップしている。

「何するの？」

何となく不安に駆られて、聞いておいて正解だった。香奈はスマホを耳に当て、「決まってるでしょ。碧兄ちゃんに電話して迎えに来てもらうの」と言い放った。

……ちょ。

ちょ、ちょっと待て!!

「そ、そそそれだけはっ！」

私は大慌てで、香奈の手をひっつかんで止めた。

その勢いで通話ＯＦＦのボタンに触れてしまったらしい香奈は、「えぇ、ワン切り!?」

と頬をふくらませた。

「ちょっと、あたしがイタ電したみたいになるじゃない」

「だっ、だいたい香奈、なんで碧の番号なんて知ってるのよ!?」

その手からスマホを没収して、香奈の攻撃をかわしながら、聞く。

「んー、なんでだっけ？　前にお姉ちゃんに教えてもらったような」

「教えたっけ!?」

「いや、嘘。あたしが勝手に入手しただけかも」

香奈は一瞬の隙をついて、私から上手くスマホを取り返すと、小悪魔のような笑顔になった。

「はい。あたしの勝ちー」

「…………」

可愛い顔してるけど、今は可愛くない。

やれやれとため息をつく私に、「でもどうする気なのよ？」と香奈はつつくように言った。

「場所がわからないなら、誰かに迎えにきてもらわないと。その誰かって、碧兄ちゃん以外にいないでしょ」

「碧はダメ」

「だいたいさあ、いきなり押しかけて大丈夫なの？　碧兄ちゃんのとこに連絡のひとつも入れとかないと」

「お母さんから、沙知絵《さちえ》さんには連絡しといてもらったから」

「じゃあついでに迎えに来てもらえばよかったのにぃ」

ぶつくさ言う香奈をよそに、私はあることを思い出した。

「お姉ちゃんに任せなさい」

不信の目を向ける妹をよそに、私は少し歩いて道路に出ると手を上げた。

しばらくして、走ってきたタクシーが静かに私の前で止まった。

「乗るよ」

香奈が後部座席に乗り込み、私は助手席に腰を下ろす。

「どちらまで？」

そう聞いてきた、人の好《よ》さそうな運転手のおじさんにこう言った。

「海の絶景スポットに、連れていってもらえます？　この辺り、よく知らないもので」

香奈はきょとんとしていたけれど、おじさんはニコニコしたまま「はいよー」と答えた。

タクシーが静かに走り出す。窓から見える街の雰囲気が、柔らかい。

「初めて来られたんですか？　観光で？　そんなに観《み》る所ないですけどね、いい所ですよ」

「友人に会いに来たんです。ここ、海がすごくきれいだって聞いたから」

なるほど、と笑うおじさんになんだか懐かしさを感じた。

香奈は物珍しそうに、景色を眺めている。ここにいた頃は、まだ十歳ぐらいだったから、無理もない。

ここが特別田舎だというわけでもないけれど。私たちの今住んでいる場所には、やたらビルが多いことに気づかされる。

やがて、見覚えのある美しい場所が姿を現した。

「わぁ……」

香奈が目を輝かせて、私と同じように反対側の窓に手をつく。

「この辺りでよろしいですかね」

「はい」

きらきらと輝く、青い海。堤防に腰かけている人がちらほらと見える。

料金を支払う私をおいて、香奈はタクシーを降りると海に向かって走り出した。

「すっごいきれい！」

私も後に続く。堤防によじのぼった香奈の隣に手をついて、海を眺めた。

「この海があまりに美しかったから、お母さんが私の名前を〝夏海〟にしたんだって」

夏の海……。波は打ち寄せるたびに、きらめきを残す。

ここから碧の家までの道のりは、わかる。この場所は超絶方向音痴な私のための目印みたいなものだった。

「碧がね、前に言ってたんだよ。それを思い出した」

『ここは海の絶景スポットだからさ、知ってる人は知ってる。ここを目印にしたら、夏海も迷子にならないだろ？』

香奈はほおづえをつく私をちらりと見て、「ねぇ」と言った。

潮の匂いがした。ココロの隙間にできた傷に染みる。ぴりぴりする。

「今なら碧お兄ちゃん、戻ってきてくれるかもしれない。なんて思わないの？」

「そんなこと思うわけないじゃない。碧はもう結婚するんだよ」

「まだしてないじゃん。今ならまだ取り返せるかもしれないでしょ」

どっちが姉でどっちが妹かわからない、形勢逆転。だけど不思議と、その強気な口調が嫌ではなかった。

「お姉ちゃんだって、それを期待してるんじゃないの？」

「そんなことないよ」

「じゃあ……」

じゃあ。

「……なんで、お姉ちゃんは泣いてるの？」

香奈の言葉に、頬に手をやった。温かい液体の感触。

自然と目からこぼれていたひと筋の涙に、私は正直、とまどった。

——なんで、泣くの？　なんで……？

手で顔をおおった。叫びたかった。あの海に、溶けてしまいたかった。

「……う……っ」

私は声を押し殺して、口をつぐんだ香奈の前でひとしきり泣いた。

ずっと気づきたくなくて、距離を置いてたのに、気づいてしまった。

碧が、好きだったのだと。

自分の気持ちを今さら認めるのが格好悪くて、それなら最初からなかったことにすればいいと思っていた。

だけど、もう遅い。気持ちが溢れてしまった。

本当に大事な人は、失うときになって初めて気づくものなんだ。

第三章　再会　looking for

「いただきまーす」

海の近くにある小さな和風喫茶に入った。

目の前に運ばれてきたあんみつに向かって、手をパチンと合わせる。

付き合わせてしまったお詫びに、香奈にはおやつでもごちそうしないと、と思っていたから。

つぶあんがたっぷり絡まった白玉を含むと、口の中にほどよい甘さがふんわりと広がった。

「美味しーい！」

きゃっきゃっとはしゃぐ香奈を見ながら、私は熱いお茶に手を伸ばした。

「……なんか、ごめんね」

私が呟いた言葉に、香奈が顔を上げた。

スプーンを手に持ったまま、「ううん」と香奈は笑顔を見せる。

「お姉ちゃんが泣くなんて思わなかったから、びっくりしたけど」

「あはは、私も年を取ったのかなぁ。碧とはずっと一緒にいたから、いろいろ思い出しちゃって」

自分自身にも言い聞かせるように、そう言った。

「でも、八年前の引っ越しでここを離れる時は泣かなかったでしょ」

「泣かなかった……と思う」

「それってつまりさ、今までずっと忘れられなくて、会えない時間が想いを強くしていったってことでしょ。素敵なことだよ」

香奈の言葉は優しくて、今の私にちょうどいい温度感だった。

もう香奈には、何もかもわかっているんだ。まだまだ未熟で、背伸びしたがりな私の気持ちを、全部見透かされている。

「碧兄ちゃんもきっと、会いたかったと思うよ」

「ふふ、そうかな」

「そうだよ」

香奈の言葉にうなずこうとした、そのとき。

「もしかして、なっちゃん？」

後ろから陽気な声がした。

私を〝なっちゃん〟と呼ぶ人は、ひとりしかいない。

「……祐樹《ゆうき》？」

振り向くと、そこに立っていたのは、さっきあんみつを運んできたお兄さんだった。さっきはまったく、気づかなかったけれど。

目を丸くする私と香奈に、彼は「良かったぁー！　人違いかと思った。大きくなっちゃって」とオジサンみたいな口調で笑ってみせた。

そういう彼こそ、明るい調子はまったく変わっていない。

「祐樹くんだ！　久しぶり」

「……香奈、ちゃん？　うっわー、お姉ちゃんに似てやっぱり美人になったな。小学生ん時から可愛かったけど」

祐樹は私のひとつ上で、碧の親友だった。碧つながりで仲良くなった。

何ともいえない懐かしさが込み上げる。

「元気にしてた？」

「元気元気。なっちゃんも？　香奈ちゃんは確か、俺の弟と同い年だったよな」

香奈はお茶の湯のみを持ち上げながら、にこっとうなずいた。

「そっ、雄大《ゆうた》くん。元気？」

「あー元気元気。俺ら藤島《ふじしま》学園だったじゃん？　雄大はあのまま高等部に進んで陸上やってるよ。スポーツだけは得意だからな、アイツ」

藤島学園。懐かしい学校名に、思わず頬が緩む。

そういえばスポーツが強い学校だった。私はといえば、スポーツはからっきしダメだったけど。

「すごいじゃん。陸上なんて格好いい」

「まあ、いいんだけどさ。でももう高三だぜ？　受験に集中しないと、って」

一度しゃべり始めると、延々と続くところも変わっていない。

お店には、私たち以外のお客さんはいなかったから、祐樹はカウンターに腰を下ろした。

「そういや香奈ちゃんは、受験は？」

「あたし、付属高校だもん。ちゃんと内申を守れば、そのまま大学に行けるの」

なるほど、とうなずく祐樹に、私は「あの」と口を挟んだ。

今しかない、と思った。この人には話しておかなければ、とも思った。

「祐樹は、碧の結婚式に出るよね？」

「もち。……あ、その話をしてなかったよな」

祐樹はちょっと苦笑して、私たちの湯のみにお茶をつぎ足してくれた。なんだか少し、気まずくなる雰囲気を取りつくろったようにも見えた。

そしてひと息ついてから、祐樹は話し出した。

「俺もびっくりしたんだよ。高校出てからアイツは大学、俺は専門に進んだんだけどさ。大学で美人の彼女ができたみたいで、しかもそれを俺にもずっと言ってなかったんだ」

彼女。その言葉に、胸がちくんと痛んだ。

こんな些細な単語で簡単に傷つく自分がばかばかしくて、情けなくなる。

「俺だって、噂で聞いたんだぜ？　んで、本人に確かめたら、『そうだ』って。俺たちの友情は何だったんだって言いたくなるだろ。ま、いいんだけどさ」

祐樹のおどけた口調が、不意に真剣になった。

口をつぐんで、少しためらってから、言葉を続ける。

「意外だった。っていうか俺、ショックだったんだよな」

ショック、だった？

首を傾げる私に、祐樹は苦笑いしながら、頭の後ろに手を組んだ。

「うん……アイツはずっと、なっちゃんを待ってるんだろうと思ってたから」

私を。待ってる。

うまく声が出せなくて、ちょっと息苦しい。

急いでお茶を口に含むと、変なところに入ったのかむせてしまった。

「ちょ、大丈夫!?」

香奈が慌てて背中をさすってくれた。

私を待つ碧を想像すると、どうしようもなく苦しかったんだ。

そして彼はもう、待ってはくれていないことも、知っている。

私はそんなみじめな自分を認めて、前に進んでいかないといけない。

「恋愛とかそういうのは抜きにして……でも、碧のことは大切に思ってるよ」

だから。

「……なんにも悲しくない。碧が幸せになるんだから」

ちゃんと、笑うことができた。


祐樹に別れを告げて店を出た後、私のスマホに着信があった。沙知絵さん……碧のお母さんだ。

碧は出かけていていないけれど、沙知絵さんが家で待っていてくれるらしい。

それを聞いて少しホッとした自分がいた。

「碧兄ちゃん、いないのかぁ」

香奈は少しがっかりした様子だったけど、私はまだ心の準備ができていなかった。

祐樹とのおしゃべりが長かったせいか、もう夕方になろうとしている。一日があっという間に過ぎていく。子供時代に帰ったみたいだった。

ふたつ並んだ影が、長く伸びている。

少し歩いたところで、住宅街の中でもひときわ大きい家が現れた。「桂川」の表札がかかっているから間違いない。ベージュ色で、柔らかい雰囲気の家。

「なつかしー……」

私と香奈の声がハモった。

インターホンを押す手が少し震える。

――ピンポーン。

はいはい、という声がした。待ち構えていたようにガチャッとドアが開いて、ワンピース姿の沙知絵さんが飛び出してきた。

「夏海ちゃん、香奈ちゃん！　すっかりお姉さんになっちゃってー」

相変わらずのハイテンション。いくつになっても若々しく、少女趣味。高く、甘い声。ハーフゆえのフランス人形みたいな顔立ちは、いつまでもきれいだから許されるけど。

「いらっしゃい！　上がって上がって」

「お邪魔しまーす」

玄関は懐かしい匂いがした。

靴を脱いでそろえると、昔の感覚がよみがえる。

『お邪魔しまぁす！　おばさん、碧いる!?』

幼稚園の頃から、私は自分の家よりもこの家にいりびたっていた。いつも靴を脱いでそろえると、待ちきれないまま二階の碧の部屋に走り出していた。

思わず、階段に目がいく。

「あの子の部屋は、今でも二階よ」

私の視線に気づいたんだろう。沙知絵さんが笑って、そう言った。

「勝手に上がっていいわよ。夏海ちゃんたちなら許してくれるでしょ。それにもう整理されてて、あんまりモノもないから」

沙知絵さんとお茶をしながら、下でおしゃべりしてたいと言う香奈とは別に、私は二階へ上がらせてもらうことにした。

とにかく懐かしい。階段を上がる感覚さえも愛おしい。

ドアノブに手をかけると、妙に胸がドキドキした。

――これが、過去へ続く扉だったらいいのに。

ガチャッ、と開けたらあの頃の碧がいたりしないだろうか。勉強してるところを、思いっきり邪魔しちゃうんだ。

そんなことを思いながらドアを開いた。

だけどその先の光景は、完全に期待していたものとは違った。

ベッドと机の位置は変わらない。本棚が、少し移動したかな。でも中身は空っぽ。あまりに殺風景なその部屋に、どうしようもない寂しさが込み上げた。

ああ。もう、ないんだ。あの居心地のいい場所は、なくなってしまった。

そう思い知らされたような気がした。

──ねぇ。皆、少し買いかぶりすぎだよ。碧は私のことなんて、別に好きじゃなかったんだよ。

幼なじみで仲良くしてたから、私しか見えてなかっただけ。人を愛するには、あの頃はまだまだ幼かったんだ。だって結局、ほかの人のことを好きになったんだから。

そのままどのくらいの時間そこに立ち尽くしていただろう。

「……………？」

ふいに下の階が騒がしくなった気がする。そして、ドタドタと誰かが階段を駆け上がってくる気配がした。

──香奈か沙知絵さんが、私を呼びに来た？　それにしては少し乱暴な音。

あまり考える間もなかった。ドアノブが回ったのを見て、ドアが開くのを見た。スローモーションのように。

一瞬、目の前の光景が信じられなかった。

息を切らして、少し上下している細い肩。相変わらずの長身に小さな顔。

少し困惑した表情を浮かべているのは、碧色がかったあの瞳。

大人びたけれどやっぱり変わらない……その人は、私の名前を呼んだ。

「……夏海」

第四章　涙の味　taste of tears

昔のことを思い出した。

私が泣きそうになると、碧がいつも飛んできて慰めてくれる。だから私はあんまり泣いたことがなかった。

「久しぶり。……出かけてたんじゃなかったの？」

ぱっと笑顔をつくって、そう話しかけた。

近づくと、やっぱりあの頃よりは背が伸びたと思った。中学に入ったあたりから、一気に碧の背は高くなっていって、あっという間に私を追い越した。

「予定が変更になって……いや、それより、なんで夏海がここにいんの？」

碧は少し顔をしかめていた。

昔みたいに背伸びして、手を伸ばしてその柔らかい髪に触れたい。

だけど空白の時間とそれ以外の何かが、確かに私たちの邪魔をしていた。

もう前のようにはいかない。初めっからわかっていたこと。

触れたい気持ちを必死に抑えた。でも。

「寝癖ついてる。夜行バスか何かで来たんだろ」

ため息交じりにそう言って、碧は私の前髪に手を伸ばした。

柔らかい、優しい感触。いとも簡単に触れる彼に、驚きが隠せない。

『夏海、また寝癖ついてる』

昔もよく、そうやって髪をなでてくれた。

碧はあの頃と、ちっとも変わっていない。

じゃあ、変わってしまったのは何……？

「おい、夏海」

ぼんやりしていた私の顔を、碧がのぞき込んできた。

碧の顔が近くて、身動きが取れなくなる。

「いや…っ！」

そんなつもりじゃなかったのに、とっさに突き飛ばしてしまった。

私の体はいつも、心とは別の行動をする。

いきなり突き飛ばされた碧は、「……んだよ」といら立った顔で私を振り向いた。

そして再び近づくと、少し乱暴な手つきで私の腕をつかんだ。

「碧……」

「逃げんな。いつまで俺から逃げたら気が済むんだよ」

切ない声だった。腕をつかまれたまま、壁に押し付けられて身動きができない。

——〝男の子〟じゃない。〝男〟の力。

必死に抵抗すると、碧は冷たく言った。

「男の力をナメんなよ」

「離してってば……」

「それ以上騒いだら、その口ふさぐから」

私が抵抗する力をゆるめると、碧も腕をつかむ力を少しだけゆるめた。そして私の目を見た。

碧の目は驚くほどに冷たく、切ない色をしていた。

「……俺が結婚するって聞いて、あわてて戻ってきたんだろ？」

私はもう何も言わなかった。

すぐ目の前にいる碧の声が、どこか遠くから聞こえるような気がした。

「驚いた？　夏海はずっと、俺が夏海を好きだって思ってたもんな」

碧は小さく笑った。碧らしくない、自嘲的な笑みだった。

「気づいてたのに、ずっと気づいてないふりをしてた。たぶん夏海は、自分のことを好いてくれる存在が好きだったんだよな。……普通に考えてさ。そんな女、ずっと好きでいられるわけないだろ」

——ずっと好きでいられるわけないだろ。

碧の言葉だけが、私にとっての現実だった。

「……ざまみろ」

パッと腕が離された。

解放されても、私は動けなかった。碧が私に背を向ける。

「傷つけよ。……ズタボロになれよ。一度ぐらい、俺のことでめちゃめちゃに傷つけばいい」

私はつかまれていた腕をさすりながら、とっさに碧の背中を追いかけた。

背伸びをして、肩をつかんで振り向かせる。あの頃みたいに。

「……この……大バカ碧っ!!」

右手で、ほおを打った。パシッと乾いた音がした。

「……ってぇ……」

「そんなくだらない理由で結婚なんかするんじゃない！」

どうしようもなく、泣きそうだった。

こんなんじゃないでしょ。

私が好きになったお兄ちゃんは、こんなんじゃない。

「私へのあてつけ？　そんな気持ちで結婚するな！　相手の気持ち、考えたことあるの!?」

矢継ぎ早に言った。怒っていないと、泣きそうだったから。

「八年間連絡もしてこないで、何が〝好き〟よ。私だってお母さんに言われるまで、碧のことなんてすっかり忘れてたんだから！」

──嘘だよ。本当は一度も、忘れたことなんてなかったよ。

連絡してこなかったのだって、私を困らせないためだって知ってる。

「碧なんて、大嫌いっ！」

──大好きだよ。

でも本当の気持ちを告げるには、遅すぎた。もう言えないんだ。

「……くだらない理由で、結婚するわけじゃねえよ」

言いたい放題言われた碧は、ほおに手を当てながらもう一度振り向き私を見た。

少し柔らかい色をした瞳。

「アイツなら、一緒にいてもいいかと思ったんだよ。居心地が良くて」

〝アイツ〟。その呼び方に、ふたりの親密さを感じた。

またた。こんなことにいちいち傷ついて、バカみたいだ。

もう受け入れなきゃならないところまで来てるというのに。

その一方で、碧との会話の雰囲気が昔に戻ったように感じて、少しほっとした。

碧のしゃべり方、まとう雰囲気、すべてが愛しかった。

「そっか……それなら、良かった」

「…………」

「彼女、何て名前なの？　美人だって聞いたから、ウエディングドレスきっと似合うね」

「夏海」

いつまでも碧としゃべっていたくて、無理して言葉をつむいでいる私の名前を碧が呼んだ。

白いワイシャツが、部屋の中に射し込んでくる夕日の色に染まった。

「なんで俺の目、見ないの」

碧はするどい視線を、まっすぐぶつけてくる。

顔を上げて目を見て、ちゃんと話せていた以前の自分が、あまり思い出せない。

「妖怪でさ」

「は？」

「目を見た人間は石になっちゃう！　って妖怪がいるじゃん」

「……だから？」

少し呆れた口調で、碧はドアにもたれかかる。

私も壁にもたれかかったまま、続けた。

「私は碧の目を見ると、石にはならないけど――」

石にはならないけど……。

「めちゃくちゃに泣きたくなるの。碧が言うとおり、ズタボロに傷つく気がするの」

そう言ってうつむくと、体がグイッと引き寄せられた。

何が起きたのかわからなかった。

気がつけば私は碧の腕の中にいて、強く抱き締められていた。

「ちょ、ちょっと」

「……んでだよ」

「碧ってば、離して」

「ムカつく……」

腕の中で暴れる私を、碧は強引に押さえ込んだ。そして私のあごをくいっと持ち上げると、顔を近づけてくる。

「やめてってば……」

無理やり唇を奪われて、私は一瞬呼吸を止めた。頭の中が真っ白になる。

必死に碧の胸を叩いて離れようとしても、びくともしない。

唇がいったん離れた。それでもまた、碧は角度を変えて重ねてくる。

「碧……！」

苦しくて、ぎゅっと碧のシャツのすそを握り締めた。

全身の力がなくなりそうで怖い。

「お願い、碧……やめて」

もう一度唇が離された時、私は涙目で碧を見上げた。

ぼんやりとかすむ、切ない表情。

「こんなこと……誰も喜ばない……」

私はぽろぽろと涙をこぼして、座り込んだ。

「彼女いるのに……結婚するのに、なんでこんなことするのよっ」

振り絞るように叫んだ。すると碧は、私を冷静に見下ろしたまま、言った。

「俺は、こんなことをずっとしたかったから。夏海に」

私が涙だらけの顔を上げると、碧はそっとかがみ込んだ。思わずビクッとしたけれど、碧は私のほおを伝う涙を優しく拭ってくれた。

「あお、い……？」

「……ダメなお兄ちゃんだな。そう思ってた。ずっと」

目の前にいる碧は、完全にあの頃のままだった。優しい表情だった。

「ちゃんとわかってた。夏海が好きな俺は、優しいお兄ちゃんだってこと。夏海が悪かったんじゃない。……俺が、悪かったんだ」

碧がそう言った、その時だった。

コンコン。ノックの音がして、ドアが開いた。

気まずそうな表情で顔をのぞかせたのは、沙知絵さんだった。

「ごめんなさいね。……碧、麻美《あさみ》さんが来た」

麻美さん。彼女が誰であるかは、すぐにわかった。

「ああ、今行く」

碧は立ち上がって、軽くシャツを整えてから私に背を向けた。

そして部屋を出る直前、私を振り向いた。

「その顔、何とかしてから来いよ。ひどすぎる」

「なっ！」

「しっかし大学四年か。全然見えない。っつーか色気ないな」

「う、うるさいなもう……！」

碧は何事もなかったかのように、クックッと笑いながら部屋を出ていった。

ドアが閉まっても、私はしばらく座り込んだまま、まだ熱の引かない唇に手をやった。涙の味がした。

第五章　声　her voice

麻美さんはすごくきれいな人だった。

色が白くて顔も小さくて、さらさらとした長い黒髪。何より雰囲気に品がある。薄い桃色のカーディガンが、よく似合っていた。

この人が碧の婚約者というのは、きっと誰もが納得のいく話だった。

「初めまして」

正直会いたくはなかったけれど、とりあえずあいさつをしないわけにはいかない。

私は碧とは兄妹でもないし親戚ですらない。幼なじみとはいえ、再会は八年ぶり。

それなのに結婚相手にあいさつをするというのは、奇妙な体験だった。

「すっごい美人姉妹だね。碧と仲良しなの？」

「まあな。家が近かったし、歳も近かったから」

麻美さんに聞かれて、碧はさらっとそう流した。

……ただの、近所にいた幼なじみ。

嘘つき。

さっき抱き締めたくせに。キスしたくせに。

複雑な表情をしていたんだろう。隣にいた香奈が「……お姉ちゃん？」と顔を向けてきた。

麻美さんは碧の腕にそっと寄り添った。ちゃんと恋人に見える。

その様子を、しっかり目に焼き付けておこうと思った。忘れないように、もう嫌になるぐらいに見ておこうと思った。

「碧の隣にいるのは私じゃない」ってこと、心に刻んで忘れないように。


私と香奈はベランダに出た。

二階の、碧の隣の部屋。今夜はここで寝ていいよと言われている。

まだまだ明るいと思っていたけれど、空はもう暗くなっていた。一日が長いようで、あっという間だった。

「お母さん、明日には来るって。あとね、お母さんの聞き間違いだったみたいで、結婚式は明後日なんだって。だから一週間もしないうちに東京に帰れるよ」

香奈は私を気遣っているようだった。

少しうつむき気味の妹の頭を、ポンと叩いてやった。

「そっか」

空を見上げた。もう一番星が見える。

「……麻美さん、お姉ちゃんに似てる。お姉ちゃんのほうがきれいだけど」

香奈がそう言った。フェンスに腕を載せて、そこに顔を寝かせている。

私も同じようにしてから、「どこらへんが？」と聞いた。私はあんまりそう思わなかったから。

「どこらへんが、っていうか……全部。見た目も、雰囲気も、特に――」

声……香奈は思い出したように、そう言った。

「あおい、って呼ぶ声がよく似てる」

あおい。

私は口を動かしてみた。声は出なかった。

「碧」。その名前を連呼して、あの腕にまとわりつけるのは、私だけだと思ってた。あの頃の自分に、思い切りデコピンしてやりたい。「気づけ」って。その小さな幸せに、気づけよって。

「……あの」

後ろから声がして、ビクッと体が跳ねた。

香奈とほぼ同時に振り向く。

「夏海ちゃん？」

そこには、今一番会いたくない人が立っていた。少しとまどった表情を浮かべている。

香奈が、明らかに警戒するような目を向けた。

「そう……ですけど」

名前を呼ばれたのは私だから、私が麻美さんに返事をする。

「一度ゆっくり話してみたかったんだ。……碧から、いつも話を聞いていたから」

嫌みな感じも、何もなかった。落ち着いた口調と丁寧な話し方から、育ちの良さがわかる。

「はい」

「そっちに行っても、いいかな」

香奈はさっと私の隣をどくと、ベランダから部屋の中に戻っていった。きっと、話を聞きたくないんだろう。

残された私は仕方なく、麻美さんと話す羽目になった。なんとなく緊張する。

ざわついている心臓の音が、彼女に聞こえてしまわないか心配になる。

そして麻美さんの次の言葉で、心臓が宇宙の果てまで飛び跳ねた。

「夏海ちゃんと碧って、付き合ってたの？」

「……………！」

いきなり単刀直入に質問をされて、ぐっと白目をむきそうになった。

辺りが暗かったのが、幸いだった。

……落ち着け。とにかく、落ち着かなきゃ。

慎重に言葉を選ぶ必要もない。真実を話せばいいんだから。

私はすぅ、と息を吸って呼吸を整えてから口を開いた。

「付き合ってないです。碧をそういう対象として考えたこともないです。碧は私にとってひとつ上の優しいお兄ちゃんで、八年経った今でもそうなんです」

言いながら、テストの模範解答を作成している気分になっていた。

どんどん完璧な答えになっていく。あと何回、この台詞を繰り返すんだろう。誰に聞かれたって、きっと私は同じように答えるんだろう。

本当は、とっても辛い。

私の答えを聞いた麻美さんは、少しこっちを見た。そして微笑んだ。

何だか昔の碧に似た、優しい笑い方だった。

「そっか。幼なじみで何年も仲いいなんて、うらやましいな。私の周りにはそういう人っていなかったから」

「そう……ですか？」

「碧ね――」

あおい。

彼女の声は、確かに少し私に似ている。その、さりげない名前の呼び方も。

私もその名前を呼ぶ時にはこんな表情をしてるのかな、なんて思った。

「碧ね、寝てるときとか私が起こそうと思って〝碧〟って呼んだら……時々こう言うんだよ。『……うん……？　夏海……？』」

麻美さんはおどけたように、碧の真似をしてみせた。

でもその目は、笑ってはいなかった。

私は「そうですか……」とうつむくしかなかった。

本当は、すごくすごくうれしかった。でもそんなこと、麻美さんの前で言えるわけない。

「付き合う前にも言われたの。忘れられない子がいるって。それぐらい碧のココロに棲《す》み付いてる人って、どんな人だろう。ずっとそれが気になってたんだけど……」

……けど。

麻美さんは私の顔を見た。

「……かないっこないなぁ。いざ会ってみると」

くりんとした瞳が、私を映し出す。

不思議と嫌な気持はなくなっていた。碧が「居心地がいい」って言った意味も、わかるような気がする。

「そんなことないですよ。過去は過去ですから」

「えっ……？」

「好きな人が今そばにいる。それだけで十分だと思いますよ」

愛し、愛されたい。自分と同じぐらい、相手にも自分を見てほしい。

その気持ちはとてもよくわかる。だけど……。

愛しい人がそばにいないと、それは始まることさえもないのだから。

「好きな人がそばにいるって、ものすごーく尊い奇跡です。私は……その人が当たり前にそばにいてくれた時に、それに気づくことができませんでした」

私はフェンスにつかまって、うーんと腕を伸ばした。

気持ちはだいぶリラックスしていた。だけど、これ以上話すこともない。

フェンスからパッと手を離して、私は麻美さんに笑いかけた。

「私、下に戻りますね」

そのまま返事も聞かずに、サンダルを脱いで部屋に戻った。ドアを閉め、階段を駆け降りていくと、

「待て」

「きゃあっ」

階段の途中で腕をつかまれて、驚いて階段から転げ落ちそうになった。

「おっと」と碧が、何のためらいもなく私を抱くようにして支える。

「ちょっと……何のつもり？」

私は冷たい視線を碧に送った。

「麻美と、何話してたんだよ」

「別に。碧に報告するような内容じゃない」

腰に添えられた手を振り払って、私は再び階段を降りようとした。でも捕まった。

「報告しろよ」

「嫌よ」

「夏海」

「碧は麻美さんが大好きで、麻美さんは碧が大好きで、良かったたってことよ」

私はいら立った声でそう言った。悔しい。なんでこんなこと、言わなくちゃならないんだろう。

「良かった、んだ？」

「なにがよ……」

「俺が結婚して、良かったと思ってんの？」

思ってるわけない。

表情でわかるはずなのに、そんなことをわざと言う。

私は碧のみぞおち辺りに、パンチを食らわした。

「！　ちょ、お前な……っ」

「良かったよ。結婚式で美味しいもの食べれるし、久しぶりに祐樹にも会えたしね」

私は冷静な声でそう言うと、階段を一気に駆け降りた。

第六章　優しい過去　memory

あのころの自分を、あまりちゃんと思い描けない。

ただひたすら碧の後ろにくっついて、はしゃいで飛び回って、いつも優しい彼の瞳がどうしようもなく好きで。

心配させるのが好きで、かまわれるのが好きだった。

「碧ー！　見つかった？」

「んー……まだ。見つかんないな」

今でも覚えてる。幼稚園で、四つ葉のクローバーが流行《はや》っていた頃。私は碧を引っ張って、近所の公園に向かった。

今思えば、そんな女の子のままごとみたいな遊びに付き合うのは、面倒くさかったかもしれない。

でも碧は付き合ってくれた。ちっちゃい頃からそうだった。そういうところはずっと変わっていない。

私たちは小さな手で、広い公園でクローバーを探した。昼過ぎから夕方までかけて。

夕焼けに公園のクローバー畑と私たちのほおが染められた頃、碧が声を上げた。

「……あ！」

「見つかった？」

「これ……」

私は碧のそばに駆け寄って、ちょこんと座った。

碧が小さな指で摘んだクローバーの葉は……確かに四枚。ちゃんと四つ葉になっていた。

「すごい、すごい！」

私たちは、はしゃいだ。そしてそのまま、疲れも手伝って、クローバー畑にごろんと転がり込んだ。ふさふさした感覚が、心地良かった。

ころん、と横を向くと碧は目を閉じていた。

……きれいな顔。なんてきれいな男の子なんだろう。

初めてそう思った瞬間だった。

「夏海」

碧がふと目を開けて、こっちを向いた。

一瞬どきっとした。

「う、うん？」

「この四つ葉……夏海にあげるつもりだったんだけど」

「うん」

「やっぱり俺がもらってもいい？」

私は目を丸くした。

嫌だ、とかそんなんじゃなくて。

「……どうして？」

これが素直な感想だった。

碧は小さく笑って、起き上がった。つられて私も起き上がって、手を地面につけたままその顔を見つめる。

いつの間にか、碧の表情は真剣なものになっていた。こんな碧をそれまで私は見たことがなかった。

「あお、い？」

「好きな女の子がいるんだ」

ひゅうっと風が吹いた。

まばたきをすることもできずに、私は目の前の男の子を見つめた。

「その子をね、お嫁さんにしたいんだよ」

四つ葉のクローバーは、願いを叶えてくれる。

碧が私を見つめる目は、優しいものだった。

幼心に、なんとなくわかってはいた。だけど向き合うには私はあまりに幼くて。「その女の子ってわたしのこと?」だなんて聞けるはずもなかった。

「……そっか。それなら、その四つ葉は碧にあげる」

「夏海、俺さ……」

「いいの。碧のお願いが叶いますように」

そう笑って、彼の言葉を封じ込めた私は、もう碧のお嫁さんにはなれない。

私が触れるたび、私が笑うたび、眩しそうな目を向けてくれる。たまにどきっとした表情を見せてくれる。私だけしか見ることのできない、碧のとまどった表情。

ずっとそれを特別なものとして大事にしてきた。

だけど中学二年ぐらいから背が伸びて、一気に男の子らしくなってきた彼に、今度は私がとまどった。

……違うでしょ。私が碧にドキドキするのは、違う。

なんでそんなに〝男〟の顔をするの。碧は私の、優しいお兄ちゃんでしょ?

何度もそう思った。成長していくことが、少し怖かった。

いつまでも子供みたいにたわむれて笑いあっていたはずの、記憶の中の私と碧が、あっという間に〝女〟と〝男〟になっていく。

それが怖かった。

「碧、何してるのー？」

「……別に、何も」

――八年前の、あの日。ひとつの季節が終わりを告げようとしていた。

夏が終わったら、お父さんの転勤で東京に行く。

その話を聞かされたのは、つい昨日のことだった。

だけど私はそれを碧に言い出すこともなく、いつも通りに碧の部屋で、彼の勉強の邪魔をしていた。

「……なぁ」

「うん？」

「東京、行くんだってな」

私はベッドに腰かけて、勉強机に向かっている碧の背中を見つめていた。

制服を着たままの、白いシャツに包まれたきれいな体。だけどその肩は少しがっしりしていて、時の流れを感じた。

「うん」

「いつ、聞いた？」

「昨日の夜。碧は？　いつ知ったの？」

「俺は、ついさっき」

ぎこちない雰囲気だけど、碧は私を振り向こうとはしなかった。

互いの存在を求めて、声だけが交差し合う。

「夏が終わったら、って。もうあっという間じゃんね」

「……そうだな」

「だから私、夏休みの宿題やらなくていいんだよ！　途中までやりかけて気づいたんだけど」

「いや、そこはやれよ。アホになるぞ」

私はくすくすと笑った。

悲しさも寂しさもなく、ただそこにいた。明日のことはどうでもいいと思えた。

そして碧も、何も言わずにペンを動かしていく……と、思ってたけれど。

「……あのさ」

「えっ？」

「海、見に行かね？」

碧は突然そう言いだして、私が返事をする前に、出かける準備を始めた。

だからそのまま従うほかなくて。私はその背中を追いかけた。

たどり着いたのは、夕日に染められた夏の海。

いまだに堤防にうまく上れない私に、先に上った碧が手を差し伸べてくれた。

「あ……ありがと」

今まで何とも思わなかったのに、私よりもずっと大きくて力強い手にドキッとした。

風が吹いて、伸びた髪が顔にかかってくすぐったかった。

「……大丈夫か？」

「あ、うん……」

夕日が眩しくて、目を細める。もう私たちは、小さな子供ではないんだと思った。

そんな考えを払うように、私はただ目の前の海を見つめた。

「きれい……」

思わず呟いてしまう、美しい光景。何年経っても変わらないと思った。

「次にこの海を見るのは……いつになるのかな」

さっきまでにはなかった寂しさが込み上げてきて、思わず唇をかみ締めた。

そんな私をちらりと見ると、碧は「好きだよ」と言った。

何てことない、小さなことを呟くかのように。おはよう、って言うみたいに、好きだよ、って言った。

――〝好きだよ〟。

その言葉が自然に聞こえたのは、それがあまりに長い時間をかけて抱えられてきたものだったからだと、唐突に気づいた。

だから私も、向き合うべきだった。

一緒に過ごした時間を。

一緒に過ごした時間が、くれたものを。

全部、全部見つめ返して向き合うべきだった。

……なのに。

「私も好きだよ。碧は、大切な幼なじみだもん」

私は逃げ出した。

あの心地良い、柔らかい光が当たる場所を求めて。

「夏海！」

「碧」

私は、腕をつかもうとした碧を制した。

「お母さんたちだって、私たちのことは仲良しだって言うでしょ。幼なじみだもん」

「……でも、俺は」

「碧は私の、大好きなお兄ちゃんだよ」

どうしようもなく、傷つけた。彼の優しい想いに、封をした。

ずっと気づいてたのに、ずっと気づかないふりをしてきた。

――好き。

この気持ちを、拒んだ。

しばらくしてから私がそっと上を向くと、碧はちょっと困った瞳をして静かに笑っていた。私を責めることも、何もしなかった。

「そっか……そうだよな」

そのまま、いつまでも海を見つめていた。時間を忘れるぐらい、そして何をする訳でもなく。

――私たちが一緒に過ごした夏は、あの日が最後になった。


そして今。

「……ダメじゃん、私」

沙知絵さんが作ってくれた夕飯のカレーを流し込んで、私はひとり外に出ていた。香奈を置いてきたのは申し訳なかったけれど、麻美さんや碧たちと同じ食卓にいるのは耐えられなかった。まぁ香奈は、さっきベランダで私を置いて逃げたわけだし、これでおあいこだと思う。

近くにあった自販機でペットボトルのお茶を買ってから、公園に向かった。

クローバー目当てで、よく行ったあの公園。

途中でスマホが振動した。メッセージ受信だった。

一通はバイト仲間からの「旅行楽しんでる？」というメッセージで。もう一通はお母さんからの「明日着くから」という報告と、結婚式の日にち間違いを謝罪する内容だった。

当たりさわりのない返信をしてから、メッセージを閉じて、ふと電話帳を開いた。

〝グループ1〟に登録されている〝桂川碧〟の文字。そして彼の電話番号。

公園の前で足を止めて、食い入るように見つめていたけれど。

……やっぱりこれは消してしまおう。

そう思って、削除ボタンを押した。

【削除しますか？】

一瞬ためらってから〝はい〟をタップする。

【削除されました】

その文字を確認しないまま、スマホをしまった。

もう鳴らない着信を、待つこともない。

私たちのあいまいな関係は、あの日の夏にきちんと整理されたはずなのに。

楽しい時間を一緒に過ごした幼なじみのままで、何も変わることはないと思ってたのに。

本当は初めから、だったのだろうか。それとも途中から？　だとしたら、いつからだろう。さっぱりわからない。

それでも少なくとも、今の私にとって碧は〝優しいお兄ちゃん〟ではない。

そんなものはいらない。それだけじゃ満たされない。

麻美さんの場所が、どうしようもなくうらやましかった。碧に触れたいし、触れられたいと思った。

だけどそれは、身勝手な気持ち。今さら誰にも必要とされない、邪魔にしかならない気持ち。……だから、言わない。

私は、笑うしかない。

『碧は私のお兄ちゃんだよ』って。

そんなこと、言いたくないけど、言わなくちゃいけない。もう撤回なんてできない。

「……ほんっと、ダメじゃん……」

自分のダメっぷりに、涙が出てくる。

溢れだすと止まらなくて、気がつけば、頬がびしょびしょに濡れていた。

「碧……」

好きだよ。
好きだよ。
大好き。

――だけど、言わないよ。

第七章　想い人　my little lover

～Aoi SIDE～

夏海ちゃん遅いね、と麻美が言った。

時計を見上げると、もう夜の十時を過ぎている。

「知らねぇよ。そのうち帰ってくるだろ」

夏海が飛び出していって、最初のうちはそう流していた。

どうせ俺が行ったとしても拒まれるだけだ。そう思ったから。

でもさすがに三時間を過ぎると、そうも言っていられなくなった。

「…………」

夏海の座っていた椅子にばかり目をやってしまう。イライラと、指で机を弾いた。

心配した麻美が、声をかけてくる。

「碧、お茶でも飲む？」

……何やってんだ、アイツ！

そう思ったときには、無意識に体が動いていた。とっさにケータイだけを引っつかんで、玄関に向かった。

母さんと香奈は何も言わずに見送ったけど、麻美は玄関まで追いかけてきた。

「あ……碧」

困惑した表情を俺に向けてくる。

そりゃそうだ。母さんとは少しは慣れたとはいえ、香奈のことはよく知らない。父さんだっていつ帰ってくるかもわからない。俺にそばにいてほしいに決まってる。ちゃんとわかってる、けど。

「……ごめん」

俺は深い反省を込めて、麻美に謝った。胸が痛かった。

「けど……夏海は、ああ見えて弱いんだよ」

「…………」

「泣きそうなときは、そばにいてやらなきゃいけなかったんだ。昔から、ずっと」

どうして気づいてやれなかったんだ。

帰郷してから……俺に会うたび、夏海の瞳は震えていた。何かをこらえるように。さっきだって、家を出ていく小さな背中は震えていた。

——ずっとずっと、泣いていたのに。

「……だから、悪い。皆は先に寝てて。何時になるかわからないからって、そう言っといて」

「わかった」

麻美はすごくいい女だ。俺にはもったいないぐらい。少し困った顔をして、それでも気遣うような笑みを見せてくれた。

「気を付けてね」

ドアを開けて、外に出る。同時に、俺は最低だな、と自嘲した。

婚約者の麻美よりも、とっくに振られた幼なじみを優先する。

……なぜそれでも麻美は、俺を愛してくれるのだろう。

誰かに愛される心地良さに流されたと言っても、嘘ではない。夏海のことを考えるたびに、いとおしいけど苦しかった。それを優しく癒してくれたのは、まぎれもなく彼女……麻美の存在だった。

麻美を愛したいと思うようになった。だからこそ、彼女からのプロポーズを受け入れた。

ココロはひとつしかない。踏ん切りをつける時はもうすぐそこまで来ている。

いっそ想いをぶつけて、夏海に俺をメチャクチャになじってもらおうかと思った。

だけど、八年ぶりに再会した夏海は、想像以上にきれいになっていた。

どうしようもなく、いら立った。

『一度ぐらい、俺のことで傷つけばいい』

本気でそんなことを言いたかったわけではない。

でも、幼い頃からほんの少しも汚れる様子を見せない彼女に、いら立ったのも確かだった。自分だけドロドロした感情をぶつけているようで、やるせない気持ちになったことも何度もあった。

だから、もしかしたら俺の結婚にとまどって飛んできてくれたのかもしれない――そんな淡い期待を、いっそ打ち破ってほしかった。東京で彼氏でも作って、満面の笑顔で割り切って、「私も今度結婚するんだよね」ぐらい言ってくるかと思ってた。

なのに……泣きそうな顔を、する。

そんな夏海に、気持ちを抑え切れなくなって。無理やり抱き締めて、無理やりキスをしていた。

……何してんだよ。

もっと拒めよ。

もっと俺を突き放して、メチャクチャにののしれよ。「もう顔も見たくない！」とか「二度と会いたくない！」とか。それでも生ぬるいぐらいだ。いっそ死ねって言われたっていい。そんなふうにズタズタに、傷つけてくれればいいのに。そうしたら俺だって、諦めがつくから。

もう何年も……何年も抱え続けてきた俺の想いに、夏海が鍵をかけてくれよ。

――そんな泣き顔をされたら、また抱き締めたくなる。

「……あ」

つい声が漏れた。

もしかしたら、と思いながら通りかかった公園。ブランコに座る人影は、暗がりの中でも彼女だとわかり、あっさり見つかったことに俺は安堵のため息をつく。

……こらこら、お前何してんの。こんな時間に、女の子がひとりで公園にいるなんて危ないだろ。

あくまでお兄ちゃんらしくそう説教してやろうかと思って、そっと近づいた。だけど夏海の姿がはっきりと確認できた辺りで、思わず足を止めた。

「……っ、碧……」

小さな声を漏らして、夏海は確かに泣いていた。

白く細い手で、ブランコの鎖を掴む。その震えた唇は、俺の名前を呼ぶ。

長いまつげに光るきれいな雫。ぽろぽろとこぼれる涙が白いほおを伝う。

少し茶色が交じった長い黒髪が、夜風にふわっと舞う。

――あぁ。夏海のすべてが、今でもこんなにも俺を惹きつける。

想いとは、一体何なんだろう。

こんなにも愛しい人を、いつか忘れるときが来るのか。

こんなにも愛しくて。大好きで、可愛くて、抱き締めたくて。

「…………」

俺は黙ったまま、夏海が泣き終わるのを待っていた。

碧、と呼ばれるたびに、出ていきたいのをぐっとこらえていた。

ひとしきり彼女が涙を流した後、うまくタイミングを計って姿を見せた。

「……夏海」

「っ……!?」

彼女はブランコの上で、ビクッと跳ねるように身を縮ませた。

そんなしぐさひとつさえも、可愛いと思ってしまう。昔から、夏海は可愛くて仕方なかった。

「あ……碧っ」

「お前な、仮にも女子大生がひとりで夜の公園にいんなよ。ここら辺、通行人が少ない代わりに、変質者が出たら助けてくれるやつもいないだろ」

「……うん。ごめん……」

俺は夏海の隣のブランコに腰かけた。

ひどく小さく感じる、頼りない遊具。少しこいでみると、ギィと怪しい音がした。

「やっべ、壊れるかも」

「き、気をつけてよ」

ブランコをこぎ始めると、夏海も真似してブランコをこぎ始めた。

昔っからそうだ。夏海は、無意識に俺の真似をする。

幻想的な夜の時間は、今までで一番俺を素直にさせた。

「夏海。明日さ」

「……うん？」

「俺は仕事ないし、麻美は結婚式のヘアメイクリハーサルなんだよ」

結婚式、の言葉にぴくんと夏海が反応したような気がした。

それでも俺は続けた。

「ドライブに行きたくない？」

「え……」

「別に車じゃなくてもいいけど――」

デートしよっか。

俺はあえて、軽いノリでそう言った。

夏海は何も言わずに、代わりに俺をそっと見上げた。ちょっぴり不安そうな瞳。

受け入れるでも、拒否するでもなく。

「誰にも言わなくていいから、俺たちの秘密ね。それに……」

麻美は最初からわかっていたんだ。わかっていて、それでも俺に行かせた。

――これで最後にするために。

その言葉は、のみ込んだ。少しごまかすように、夏海の頭をそっとなでた。

何年経っても変わらない、柔らかくてサラサラの髪。離れてから、何度触れたいと願ったことだろう。

『好きだよ』

何度、そう言いたいと願ったことだろう。伝えたいことが今でもありすぎて。それをすべて伝えるには、守らなくてはならないものがありすぎる。

今でも君が好きだ。

君に会えない時間が、俺に、もっと君を好きにさせる。

それでも。もう、卒業するから。

いつまでも子供だった自分に、さよならをするから。

だから、最後の時間をください。

第八章　君の隣　with you

昨夜のことは、夢だったのかもしれない。

ぼんやりとしか覚えていない、というよりほとんど記憶があいまいだし。

夢だったんだと、思い込むことにした。

「…………！」

そしていきなり射し込んできた朝日に、私は顔をしかめた。

「ん……香奈……？」

やめてよ、目が痛いじゃない！

ぶつぶつ言いながら、寝返りをころんと打った。もっともっと眠っていたかった。

けれど、

「いい加減起きろ」

呆れたような声に、ぱちっと目が開いた。

「……ほえ……？」

「何が『香奈』だ、まったく」

香奈の声……じゃない。碧の声。

「○△■%☆＊@！」

私は言葉にならない悲鳴と共に、バッと起き上がった。

思いっきりパジャマ姿で寝込んでいた私の部屋に、堂々と侵入しておきながら、碧はいたって平然としている。

「目、覚めた？」

「バカぁっ！　変態っっ」

私は強く枕をぶん投げた。だけど碧はそれを軽くかわして、「起きたなら着替えろ。下で待ってる」とだけ言うと、背を向けてドアの方へ歩き出した。

「ちょ、ちょっと！」

起きたばっかりで、思考がついていかない。

つ、つまり……昨夜のことは、夢ではなかったってことだ。

そして。

「香奈は？」

「おばさんを迎えに行った」

そうだ。そういえば今日は、お母さんがこっちに来る日なんだった。

そして明日にはもう結婚式で、麻美さんと沙知絵さんはリハーサルか何かで今日は出かけてて……。

「そ。つまり今この家には俺たちだけ」

「………」

私は碧を見上げた。

ひどく、冷静な気持ちだった。

「碧……私、麻美さんを傷つけたくないよ」

いくら不在だからって、碧の婚約者を裏切るようなことはしたくない。

「数年ぶりの幼なじみと遊びに行って、何が悪いんだよ」

だけど碧はさらっとそう言って、私を振り向いた。そしてベッドの上に座る私の肩を軽くつかむ。

「…………！」

「夏海がそんなふうに俺のことを意識してるから、話がややこしく見えるだけ」

──そんなふうに、って……。

私はまばたきを繰り返した。ココロというのは、自分でも無意識のうちに行動に反射されるらしい。

「……っ」

顔が赤くなるような気がした。

「いーから、早く着替えろ」

「わ、わかった……からっ」

碧が出ていった後も、肩の触れられた部分がまだ熱かった。

この夏ずっと着ようと思って、なぜかずっと着る機会がなかった水色のワンピースに、最後のチャンスかも、と思いながら腕を通した。

ワンピースの肩のリボンをきゅっと結んだ時、スマホが振動した。

「は、はいはいっ」

ディスプレイに表示されたのは【松井くん】の文字。

同じバイト先で、ちょうど同い年の男の子だ。

通話ボタンを押したと同時にそう言うと、『ナツ？』という聞き慣れた声が耳に入ってきた。松井くんの声は、なんだか柔らかくて好きだ。

「もしもし？」

「うん」

『やっぱり今週は忙しいみたいでさ、店長が一日でも早く戻ってこれないかって』

「あ、戻れるよ！　そうだね、明後日には」

結婚式の日がお母さんの聞き間違いで、とは言わなかったけれど。

松井くんは『良かった！』と明るい声になった。

『皆待ってるから。……あと、俺も』

「うん、ありがとう」

『ナツ』

「はい？」

私はスマホを耳と肩の間にうまく挟んで話しながら、バッグの用意をしていた。

『ナツって、もう内定もらってたよな？』

「うん」

『今度さ……どっか、遊びに行かね？』

松井くんにはこれまでも何度か、誘われたことがあった。

彼だけに限らず、男友達に誘われたことは度々《たびたび》あったし、大学生になってからは実際、何人かと付き合ったこともあった。

それでもいつも、どこか冷めた気持ちを抱いてしまう。だから長続きしたことは一度もなかった。

松井くんはすごくいい人で、人間的にもすごく惹かれる部分がある。

だから私は、碧とのことにちゃんと踏ん切りをつけるまでは、軽い気持ちで彼に関わるのはやめようと決めていた。

「……そうだね」

私は窓の外に目をやった。

バッグを用意していた手を止め、そっとスマホに添え、目を閉じる。

――夏の空、夏の風、夏の匂い。

「夏が終わったら、連れてってほしいかも」

『やった！　うれしい。行きたいとこ考えといて』

「うん」

――夏が終わったら。

それまではまだ、想っていたい人がいる。

その人のことだけで、胸を一杯にしていたい人がいる。

どうか許してね。もう終わりはすぐそこまで来ているから、大事にしたいんだ。

私は電話を切ると、バッグを肩にかけて階段を降りた。

「……遅い」

少し不機嫌そうな顔で、玄関に立っている碧。私は肩をすくめた。

「ごめん」

「どこ行きたい？」

「あ……考えてなかった」

「あぁ？」

碧は私にデコピンを食らわした。久々の感触に、思わず目を閉じる。

「痛い！　イジメよ、イジメ！」

「やる気ないだろ、お前」

「そんなこと……」

……ないけど。

その言葉をのみ込んだ私に、碧はやれやれとため息をついて、ドアを開いた。

「とりあえず行くか」

家に来た時は気づかなかった。一台のポルシェが車庫に納まっていたこと。

いつの間に、車の免許なんて取ったんだろう。そりゃ、いつかは取るだろうと思っていたけど。

私が知らない間にも、確実に碧には碧の時間が流れていて、碧が知らない間にも、確実に私には私の時間が流れている。……そんな当たり前のことが、ちょっと切ないと気づいた。

「おい。それは何の冗談？」

「えっ？」

「なんで後部座席に乗ってんの」

「だって後部座席のほうが広いし……」

碧は首を軽く振った。何だか諦めたような、気の抜け方だった。

「お前な……いつもそんなことしてんのか……」

「え？　えっ？」

何のことか、はっきり言ってもらわなくちゃわからない。

首を傾げっぱなしの私に、碧は「もーいいよ、そのままで」と、しまいには笑い始めた。

「いっそそのほうが安心だし、そのままでいい」

「何がおかしいのよ……」

笑いながら運転席に乗り込んだ碧に、私はほおをふくらませた。

ミラーやら何やらを確認し終えると、碧はくるっと私を振り向いた。

「………！」

近い。息がかかりそうなほどに、顔が近づく。

「教えといてやるよ。普通は、助手席に座んの」

「じょ、助手席」

「特に恋人同士ならこれ当たり前な。彼氏がキスとかしやすいだろ」

「な……っ！」

ふるふると顔を振って、私はシートに思いっきり倒れ込んだ。

逃げやすいという面では、やっぱりこっちが正解のような気がする。

「そりゃ……デートでは助手席に座るってば。でも碧とのコレは、あくまでお出かけであって」

「デートって言ったのに」

あわてて言い返した私に、碧は少し傷ついたような表情でうつむいた。

がっかりしたような、すねたような。昔もよく見せた……こんな表情。

「わ、わかったからっ」

バタン！　私はあわてて車を降りると、前に回って助手席に乗り込んだ。

「これが最初で最後だからね」

「じゃ、出発」

碧はパッと顔を上げた。単純なもので、さっきまでの傷ついたような表情は、みじんも残っていなかった。

車がゆるやかに走り出す。目的地は知らない。

だけど、知らないままでいい。そう思えた。

よく晴れて、いい天気だった。窓から見える青空が、どこまでも澄み渡っている。

心地良い速さで車が走る。碧を取りまくもの、すべての速度が私にとってはいつもちょうどいい。

「好きな曲選んでいいよ」

碧が運転しながら、ちょいちょいとオーディオを指差した。

言われるがままに操作してみると、知らない曲に交じっていくつかの懐かしい曲名が現れる。

スピッツの「チェリー」が入っていることに気づいた時、私は思わず声を上げた。

「懐かしい！」

つられて、碧が笑った。

「すげーハマってたよな。ふたりして。親が好きだったせいで影響受けまくりだった」

「うん。今も大好き」

再生ボタンを押すと、前奏だけで懐かしさに体が震えた。

……こういうの、最近は全然聴いてなかった気がする。

いや、違う。私はもともと、そんなに音楽を聴くことはなかった。

碧が中学に上がってからいろんな曲を聴くようになって。それを一緒に聴くうちに、嫌でも曲を覚えてしまった。特にスピッツは、今でも歌詞全部を覚えている。

「碧、今でも上手いね」

「夏海は今でも下手だな」

「失礼ね」

いつの間にか、私と碧は一緒に歌っていて。

一緒に笑っていた。小さい頃に戻ったみたいに。

碧の部屋にある、小さなプレイヤーで聴いていた頃と何も変わらずに。

好きだとか恋だとか、そういうことを言い出さなければきっと……私たちはこれまで通りずっと変わらなくて。そして、この先もずっと変わらずにいられるのだろう。

そんなことを強く思った。

だけど、そんなわけにはいかないことがわかっていた。

それが大人になったという証拠だということも……もう、全部わかっていた。

第九章　最後の時間　last time

——キキーッ……！

「……っ？」

順調に走っていた車が、ふいにブレーキをかけた。

「ん？　あれって……」

どうやら碧が何かを見つけたらしい。私も碧の視線の方向へと目をやると、びくっと体が跳ねた。

こっちに向かって歩いてくる三人組。あの、三人は……。

「ゆ、祐樹!?　それにお母さんと香奈……」

私がそう言うと、碧は「マジかよ……」とこめかみを押さえて、ハンドルにひじをついた。

先に気づいたのは、お母さんだった。厚化粧の顔をぱあっとさせて、止まった車に向かって駆け寄ってくる。

「碧くんじゃない！　久しぶりね～相変わらずイケメンっ！」

「お、お久しぶりです」

碧は一瞬ひるみながらも、すぐに爽やかスマイルになった。

娘の私ではなく碧に真っ先に駆け寄ったお母さんに用はないので、私は香奈に視線を向けた。

「どうしたの？　こんなとこで」

「いやぁ、駅までお母さんを迎えに行こうとしたんだけどさ。ほら、新幹線の駅への道ってわからなくて」

香奈はぺろっと舌を出して、ちょいちょいと祐樹を指差した。

……そういうことか。

「祐樹くんに一緒に来てもらったの。またあのお店であんみつ食べさせてくれるっていうし」

私が視線を祐樹に向けると、彼は頼もしくガッツポーズを決めてくれた。

「そりゃ、我等がなっちゃんの妹とお母様だし！　責任を持ってご案内させていただきますよ」

それは確かにありがたい。

「ありがと、祐樹」

「いやいやぁ。それより」

祐樹と香奈は互いに目配せをしてから、私に向かってとびきりの笑顔を見せた。いつの間にそんなに仲良くなっていたんだろう。

「うらやましいなぁ～。碧兄ちゃんと、デート！」

「………!?」

私はあわてふためいて、横の碧に目をやった。

幸い碧は反対側の窓から顔を出して、お母さんの相手をしてくれていた。母、グッジョブ。

「そんなんじゃないってば。だって碧は明日けっ……」

「まあまあ。なっちゃん」

祐樹は私の唇の前に、しっと指を立てた。

「今日だけはいいだろ？　そういうの、気にしなくてもさ」

「祐樹……」

言葉が詰まって、胸が詰まった。

その優しい笑顔は、何年間も私達を見てきたからこそのものだった。

「そうだよ。碧兄ちゃんと、楽しんできて。言いたいこと全部、言ってきなよ」

香奈がささやくように言った。

胸がじんわりと温まっていく。ふたりの優しさが、身に染みた。

「……ありがと」

「夏海!!」

お母さんがこっちにやってきた。こぼれかけた涙を即座に引っ込める。

なにやら張り切った様子で、紙袋を振っている。

「明日のドレス、ばっちり持ってきたからね」

「ドレス?」

首を傾げて香奈を見ると、香奈が「ごめん……」と言って肩をすくめた。

なんだか、嫌な予感がした。そしてそれは当たっていた。

「じゃーん!　どう?　可愛いでしょう?」

「………」

全員の顔にタテ線が入った、ような気がした。

目の前に自慢気に突き出されたのは……フリフリのレース仕様で、胸には大きなリボン付きのドレス。

私は気持ちを落ち着けるために、一度咳払いをした。

「えっとね。私は主役ではないので」

「えー。沙知絵ちゃんが勧めてくれたやつなんだけど」

——だからか!　全員が納得した顔になった。

「香奈のもちゃんとあるからね!」

「えっ、あたしはいいよ……」

ドン引きした表情で手を必死に振る香奈におかまいなく、お母さんは紙袋を探り始める。

らちが明かないので、気を利かせた祐樹が「まあまあ、お母さん！　あんみつ食べに行きましょうよ」とうまく丸め込んでくれた。

助かった。

「え～、でもぉ……」

「じゃ、また夜に！　おふたりさん行ってらっしゃーい」

香奈とふたりがかりでお母さんを押さえ込んで、笑顔で手を振ってくれた祐樹に心から感謝した。

碧も「サンキュ。この借りはまた返す」と笑って、再びアクセルを踏み込んだ。

ようやく、車が走り出す。

「はぁ……どっと疲れた……」

私の心情と碧の呟きがシンクロして、思わず笑った。

「なんか俺らの周りって、全員騒がしいよな。昔っから」

「うん」

私はその言葉にうなずいた。

曲が「チェリー」から「楓」に変わっていた。私が一番好きだった曲だ。そしてすごく、切ない曲。

曲を聴きたくて、黙り込んでしまった。車はそのまま走り続けている。

「………」

碧が何も言わないから、あえて言葉をつむぐ必要はないのだと思った。自然体でいい。

私は窓の外に見える海の景色に、目を細めた。

「……やっぱり海に行きたいな」

ぼそっと、呟いていた。自分でも言ったのか言ってないのかわからないぐらい、自然に。

碧は「ああ」と短く答えた。しばらく間を置いてから、付け加えるように言う。

「俺も海に連れてく予定だった。つか、海しかないもんな」

「どこまで走るの？」

「砂浜がきれいな方まで。もうちょっと走る」

そっか、と納得した私はシートに身を預けた。何だか眠たくなってきて、目を閉じる。

「寝ていい？」

「いいよ。すぐ着くから」

優しい碧の、声がした。

ほんの短い間なのに、私はあっという間に眠りに落ちて、そして夢を見た。

夢というより……自分でも忘れていた過去の再生といった感じだった。


神様は本当にいるのかもしれない。時々本気で、そう思う。

小学生の碧が、私に言う。

「俺ね。約束する」

「うん？」

「この先何があっても絶対に、俺が夏海を守ってあげる」

まだ小さかった私は目を丸くした。でもうれしかった。

この男の子は、絶対に、約束を守ってくれるって確信した。

「じゃあ私も碧を守る！」

「夏海に何ができるんだよっ」

「碧のしあわせを、守ってあげる」

ジャングルジムの上に乗っかったまま、小学生の私がそう言って笑う。

──碧のしあわせを……守ってあげる。

小さい頃に当たり前に誓えていたことが、今ではこんなにも難しい。

一緒にいればいるほど、その存在は大きくなって。大きくなればなるほど、こんなにも手放せなくなる。幸せになってほしいのに、素直に願えなくなる。

はっと目を覚ますと、車はもう止まっていた。

運転席に碧はいない。バッとシートから体を起こして、シートベルトを外す。

「碧!?」

不安に駆られて、名前を呼んだ。ドアを開けて車から降りると、広がる砂浜に目を奪われた。そして、そこに立つ碧の後ろ姿に、ほっと息を漏らした。

「碧！」

後ろから声をかけると、碧がこっちを振り向いた。

「起きた？」

「ちゃんと起こしてよね」

「もう起こすつもりだった。ほら、おいで」

碧が手招きする。

涼しい風が吹き抜ける。もう八月末だからか、砂浜にはほとんど人がいなかった。

サンダルを履いてきて良かった、なんて思いながらコンクリートの階段を降りた。

すぐに砂浜にたどり着く。ザッ、ザッ……という独特の足音と共に、私は碧のもとに向かった。

「もうすぐ夕方になるけど。腹減ってない？」

碧の言葉に私は首を横に振る。時間の感覚があんまりなかったけど、おなかは空いてない。

「今、何時だっけ？」

「もう三時になる」

「え……」

「誰かさんが起きるの遅かったのと、誰かさんたちに絡まれたせい」

碧は小さく笑った。柔らかい風が、碧のきれいな髪をなびかせる。

「碧は大丈夫なの……？」

「ん？」

「明日は大事な日なのに、前日にこんなとこにいて」

私は彼から目をそらして、波打ち際へと向かった。

潮の匂いがした。昨日来た時にもかいだ、あの匂い。

そういえば、家を出たのは一昨日だけど、着いたのはつい昨日のことなんだと思い出した。

ずいぶん長く、碧と時間を共有していたような気がしたから。

「変な気を遣うなよ、夏海のくせに」

「……きゃっ」

かがみ込んだ私の頭に、碧が何かを載っける。

びっくりして振り払ったその何かは、小さくて可愛い貝殻だった。

「あ、可愛い」

ほんのりとした桜色の、きれいな貝殻。

私は足元の砂を寄せ集めた。

「私も探すっ」

「出た。真似しっこ」

「私がやろうと思うことを、碧がいつも先にやるだけ！」

ザザーン……と波の音がする。

その音を聞きながら、私は貝殻を探し、その横に座り込んだ碧は何やら別のことをし始めた。

私たちは互いの背中に寄り添うようにして、遊んだ。別のことをしているのに、今までで一番ココロの距離が近いような気がした。

「碧、何してるの？」

「砂の城作り」

誰かが落としていったらしいスコップを使って、器用に作っていく。振り向くと、小さいながらも、ちゃんとお城の形が見えた。

「あとで、私もやる」

「やってみろ。俺ほどきれいにはできないだろうけど」

碧の憎まれ口に私はムッとして、小さい貝殻をその肩に載せてやった。気づいていないようだった。

「どうせ明日には流されちゃうよ。波に流されて台無しになっちゃうんだから」

「それでもいいんだよ。今作ることに意味があるんだから」

碧が砂の城を軽く叩いて「完成！」と言った時、私の小さな悪戯はぽろりと転がり落ちた。

「夏海、内定決まった？」

「うん。知り合いの紹介ですんなりと」

「そっか。そりゃ良かったな」

「碧は東京には出てこないの？」

「数年後には転勤になると思うけど、しばらくはここにいるかな」

ごく当たり前なのに、再会してからずっとできてなかった会話を、背中合わせのまま続けた。

さっきから、言いたいと思っていたことがあった。

「今の私と碧は、端から見たら恋人同士に見えるのかもしれないね」

潮風が、髪をべたつかせる。声が少しかすれそうになった。

私は手を止めたし、碧もきっと手を止めた、と思った。

二度目の夏の終わりが、すぐそこまで来ていた。

――二度目の別れ。

第十章　夏の終わり　end of the summer

そんなふうにして、どれぐらい時間が経っただろう。

私は思い出したように碧の背中に体を預けた。背中から伝わる温もりに安心したかった。

「ねえ、碧」

あおい。

あと何回、この名前を呼べるだろう。

——きっと君は、ほんのひとかけらさえも想像したことがないのだろう。このまま時間を止めて、私が君をどこかへと連れ去ってしまいたいと思っているなんて。

「なんだよ」

「私、やっぱり明日の式には行かないね」

碧が振り向こうとした気配を感じて、その動きを私は背中で押さえ付けた。

振り向かないで。振り向かないでほしい。

言ったでしょう。碧の目を見ると、私はめちゃくちゃ泣きたくなる。

「なんで？」

「第一に、あのドレスを着たくない」

「…………」

おどけた口調で言った。それも半分くらい事実だった。

行きたくない理由はそりゃ、いくらでもある。だけど今、それは問題じゃない。

黙り込んだ碧に、私は「第二に」と続けた。

「これが一番大きいかな」

「…………」

「気が向かない」

私はそう言い放つと、さっと碧の背中から離れた。

碧は私の支えを失って、バランスを崩しかける。体勢を戻した後、「まだ振り向かないでほしい？」と聞いてきた。

「うん」

私は波打ち際で足を少しだけ海につけた。なまあったかい、温度。

そして海に向かって第三の理由を言った。

「私、碧が好き。だから行きたくない」

パシャ、パシャ……足を動かすたび、水が跳ねる。

ふと振り向くと、碧はこっちを向いて立っていた。

「……振り向いちゃダメって言ったのに」

そう言ってほおをふくらませても、碧は何の反応もしなかった。ただ私を見つめていた。

海の向こうに夕日が見える。茜色に染まるほおと、波。

無性に今、あの碧の部屋に帰りたいと思った。

「……でも」

これだけはどうしても言っておきたかった。

「今言ったことは忘れてほしい」

「なんで?」

「だって……」

「忘れられるわけ、ないだろ!」

碧は私に近づいてきた。そして腕をぎゅっとつかむ。

泣きたくなるくらい、切ない表情だった。

「ほんっとに、ズルい女だよ」

「うん……」

「そうやっていつも、いつまで経っても、俺の感情をぐしゃぐしゃにできるのは夏海だけだ」

「ごめんなさい……」

私はぎゅっと目を閉じた。

涙がほおを伝った。呼吸がうまくできない。

ココロがぴりっとした。かさかさの表面が少しずつ割れて、温かい何かが流れ出す。

血みたいな、鈍い鉄の味。

「だって、好きなんだよ……」

「夏海……」

「好きなの！それだけなの……私が言えるのはそれだけで……それが全部なの……」

碧の腕を、シャツ越しにぎゅっと握り締めた。手の震えが止まらなかった。

顔を上げた。碧の顔がすぐ近くにあった。

「だからもう……」

私は碧の目を見た。憂いを称えた目。こんなに美しい碧眼を、ほかに知らない。

「……私はもう、碧には会えない」

息を吐き出すように、言った。

――もう会えない、と言った。

私はこんなにも、碧を想っていたんだ。

私の中で碧の存在は、こんなにも大きくなっていたんだ。

手の甲で涙を拭いながら、鼻声で続けた。

「会えない……っ」

「……それでもいいよ、もう……」

碧は私を抱き締めた。その声は、同じようにかすれている。

私は深呼吸をした。

──もう、言うことは決めていた。

「大好きな……お兄ちゃんだったよ」

私は碧から離れた。涙の跡がついたシャツを、そっとなでる。

もう迷いはなかった。私はまっすぐに碧の瞳を見つめた。

「寂しかった。私と碧だけの世界が、もうなくなっちゃった気がして。麻美さんに嫉妬した。もう、私だけのお兄ちゃんじゃないんだね」

だけど、と言葉を切った。目にかかった前髪を払う。軽く息を吸う。

「結婚おめでとう。幸せになって」

その手をぎゅっと握り締める。

これでいいんだ、って思う。

「……俺のこと、好きなの?」

碧が私の手を握り返す。その力はやっぱり、私よりもずっと強い。

どちらからともなく、指をそっと絡めていた。

「碧のことは好きだけど、付き合いたいとか、結婚したいとか、そういうのとは違うんだと思う」

私は手のぬくもりを感じながら、目を閉じた。

「八年ぶりに再会した碧、すごく格好良くなってるから……本当は動揺したよ。それでも私ね、碧のかっこいい部分しか見てないの。この空白の時間で、碧のみっともない姿とか、全部受け止めてたのは私じゃないでしょ。それを知ってたら、好きじゃいられなくなってたのかもしれない」

自分でも驚くぐらい、素直な気持ちが出てきた。

碧のことは大好きだけど、幼なじみっていう関係だからこそ、優しくしてもらえていたこともわかる。付き合ったら同じようにはいかないかもしれない。それでも幸せだったかもしれないし、もう誰にもわからない。

言った方がいい気持ちも、言わない方がいい気持ちがある。どれもきっと、優しい気持ち。

「大好きだったよ、碧」

からみ合う指が離れる時が、私たちの夏の終わり。

私たちはお互いが好きでも、恋人同士にはならなかった。それは不思議なことだけど、それゆえに美しい関係なんだとも思う。
人生にはわりと、そういうことがある。
タイミング？　神様の気まぐれ？　いわゆる運命？
それは誰にも、わからないけれど。
——それでも碧に出会えたことは、わたしの人生の宝物だった。
きらきら輝く茜色の海を見つめて、思わず目を細めた。
もう戻れない。世界で一番、居心地の良かったあの場所には。
「……さよなら」
——夏は、もう終わったのだから。

第十一章　別れ道　cross road

――翌朝。

私は逃げまどっていた。桂川家、前代未聞の大騒動が起きていた。

「いーやー――っ！　嫌だってば！」

「絶っっ対に似合うから着なさいってば！　こら、香奈も！」

「やーめーてぇぇっ」

逃げまどう姉妹。追う母。

式に出る出ないなんて言ってる場合ではない。あのフリフリのドレスだけは、何が何でも勘弁してほしかった。

碧や麻美さん、沙知絵さんはもうすでに式場入りしているから、家には私たちだけ。幼なじみとはいえ、人の家でバタバタと暴れ回る私たちは最低だと思う。

やがて香奈が捕獲され、フリフリのドレス、ピンク色を着せられた。

「いやーっ！　絶っっ対コレ、趣味悪い！　やめてー」

「可愛いじゃないの」

お母さんの行為はイジメだと思うし、確かにドレスは趣味が悪いけど、香奈は顔が可愛いから、フリフリを着てもそれなりに似合ってはいる。

「か……香奈、似合ってるよ」

そう言うと、香奈はうらめしげな視線をこちらに向けた。

「あたしが着たんだもん。お姉ちゃんだけ抜け駆けしようなんて、思ってないよね？」

「げっ……」

「ひっとらえろー！」

「おー！」

こうして妹も敵に変わり、二対一で追い詰められた私の敗北は必然で、フリフリドレスのブルーの色のを着せられてしまった。式に出るつもりはないって言い出す間もないまま。

「お迎えに上がりましたー」

車で迎えに来てくれた祐樹は、玄関に入って私たちフリフリ姉妹をひと目見るなり、目を丸くした。

「き、着たんだ……」

「着せられたの！」と腕組みしてプンプンの香奈。

「何か文句ある？」と威嚇する私。

「どう？」と自慢気なお母さん。

三人から問い詰められるような形になった祐樹は、困惑した笑顔で「うん、まぁ……ふたりが着たらなんでも可愛いかな」と言った。

祐樹の出してくれた車に三人で乗り込む。バタンとドアが閉まる。

私は最後にもう一度、桂川家を見上げた。

私の第二の家だった。幼稚園の頃から中学まで、ずっとずっと入りびたってた。今だってともすれば、当時の私の後ろ姿がこのドアの前に思い描ける。

誰かさんの部屋を目指して、待ちきれないようにドアが開くのを待っている。

──だけどもう、開くことはない。ドアには鍵がかかっている。

鍵をかけたのは碧じゃない。今ここにいる、私自身だった。

「さよなら。今までありがとう」

ベージュ色の家に向かって、そっと礼をする。それと同時に車が走り出した。

祐樹の車にもオーディオが付いていて、香奈が操作し始める。

「いろいろ曲入ってるねー」

「うん。好きなの聴いていーよ」

ハンドルを握りながらそう笑う祐樹に、私は思わず聞きかけた。

「あの、じゃあスピッ……」

スピッツ。そう言いかけて、とっさに言葉をのみ込んだ。

胸が熱くなる。

「…………」

「……何？　スピ、って」

「ううん……何でもない」

私は微笑んで、運転席に乗り出した体をそっと引いた。

ミラー越しに首をひねる祐樹に、もう一度「いいの」と手を振ったとき、香奈が

「これにするっ」と何かを選んで再生ボタンに手をかけた。

お母さんは助手席で寝ている。私たちを追いかけ回したせいで疲れたらしい。

ピッ。

ボタンが押されると同時に、聞いたことのあるイントロが流れ始めた。

……何だっけ。私がそう顔をしかめたとき、祐樹が運転しながら「わかった！」と言った。

「Mr.Childrenの『innocent world』でしょ」

「当たりー！　なつかしいよねぇ」

香奈がにこっと笑う。

言われてみれば私も何度か聴いたことがあると思い、「あぁ」と手を打った。特にサビの部分は有名だし、最低ここだけは歌える。

「イノセント、かぁ。あたしのことだね。純粋無垢そのもの」

「香奈は小悪魔でしょ」

そう突っ込むと、香奈が小さな唇をとがらせた。

「何よ、お姉ちゃんだって同じ血が流れてるんだからね」

「……ちょっとそれ、どういう意味よ」

「まあまあ。……おっ、あれ見て！　あれ」

くだらない言い合いに走りそうになった私たち姉妹をなだめるためか、祐樹が運転しながら右の窓をちょいちょいと突いた。

「……ん？」

さすがに気になって、香奈と一緒に右の窓にほおをくっつける。

昨日来た、砂浜がきれいなほうの海。波打ち際からほんの少し離れたところにぽつんと建てられた、砂の城があった。碧が作っていたやつだ。

「かわいー」

香奈が笑顔になる。流されてなかったんだ、と思うと私も笑顔になった。そういえば真似して作るの忘れてた。あまりに短い時間だったからか、いろいろとやり忘れたことが多いような気がしてならない。

それでも、私が碧に言いたいことは、全部言った。

全部、伝えられたはず。

「お姉ちゃん、帰りは電車で帰るよね？」

「もちろん。夜行バスは体が痛かったし」

笑ってうなずいてから、私は何となくバッグから手紙を取り出した。

きれいな薄桃色の、レースで縁取られた封筒。結婚式の招待状。

そしてふと、薄桃色は麻美さんの色だと思った。カーディガンの色もそうだったし、何よりイメージに合っている。

これから碧は麻美さんの色に染まっていって、麻美さんは今以上に碧の色に染まっていくんだ、と思った。

——私の色は何色だっただろう。

そんなことをぼんやり考えた時、車が止まった。

「えっと、ここだったっけ？」

やたら長ったらしい名前の、きれいなホテル。祐樹はホテルに刻まれているその名前と、メモを照らし合わせてから、「うん。オッケー」と言った。

正直、ここから先は行きたくない。でもそんなわがままを言えないこともわかっていた。

私はお母さんを起こすと、花束などの入った紙袋を持って車から降りた。

香奈はキラキラした目でホテルの外観を眺めている。

「すごいきれいなとこだね！」

「うん」

車を停めてくるから先行っといて、と言う祐樹にお礼を言ってから、私たちはホテルの中に入った。

式場に入ったとたんに飛び込んでくる、華やかな光景。花で縁取られた結婚式会場の立て看板から、私は目をそらしてしまった。

胸が、ちくんとする。

「ご出席ありがとうございます」

受付を済ませた時にちょうど、車を停めた祐樹がやってきた。

「いやぁ、緊張するよな。こういうとこって」

「本当だよね」

全然緊張した様子のない祐樹と香奈が、そんな会話を交わすのを見ていた。

お母さんが私の肩を突いて言う。

「碧くんのタキシード姿、楽しみよね」

「……やめて。その目」

やれやれ、とため息をついた。

見たくない。聞きたくない。

私は一刻も早く、この場から走り去りたい。帰ってこなければ良かった。結婚式の華やかな雰囲気が、こんなにも辛いなんて思いもしなかった。

碧のタキシード姿も、麻美さんのウエディングドレス姿も……見たくない。

声がうまく出ない。

言うなら早いほうがいい。着替えとか財布とか入った紙袋だけ持って、祐樹にできれば駅まで送ってもらって。

――式が始まる前に、早く。

帰りたい。帰らなきゃ。私がいるべき場所へ。

グッとこぶしを握り締めて、お母さんに向かい合った。

「お母さん、私……」

――疲れたから、先に帰るね。

まさにそう言おうとした時だった。誰かにグッと腕をつかまれた。

「え……」

お母さんの目がハートになったのを見れば、後ろにいるのが誰かはすぐにわかった。

「ちょっと、来て」

純白のタキシードに身を包んでいて、今日は世界一格好良く見える。

思わず見とれてしまった。固まって、すぐには動けなかった。

「あお、い……」

もう会わないって言ったのに。

タキシード姿なんて、見たくなかったのに。

「私、もう帰るから」

「俺の話聞くまでは、帰さない」

呆気に取られる一同の前で、碧は堂々と私の手を引いた。

碧の手はやっぱり、温かい。

仕方なくそれに従おうとした時、あの声が聞こえた。

「碧！　何してるの……？」

振り向かなければ良かった。

純白のウエディングドレスに身を包んだ、あまりにきれいな彼女が、らせん階段の上からこちらに向かって呼びかけていた。

ただならぬ空気に、気を利かせた人々が受付をすませると、そそくさとホールの方へ入っていく。

ロビーにはもう、ほとんど人がいなかった。

「なっちゃん……」

祐樹と香奈だけが、残っている。

私はふたりに背を向けたまま「……先行ってて」と言った。

胸が痛い。心臓がうるさく騒いでいる。

神様、私の感情を殺してください。今は私、誰よりも冷静にならなくちゃいけないんです。

「碧はまた、私を置いてくの?」

麻美さんの切ない声。彼女の顔を見ることができなくて、私は目を伏せた。

何も言えなかった。

だけど碧の「そうじゃないよ」という言葉に、私も顔を上げる。

「だったら……」

「夏海にどうしても渡したいものがある。それだけ渡させてほしい」

そう言い放った碧に、麻美さんは言葉を詰まらせた。

「碧……」

「夏海、来て」

グッと手を引いた碧に、私も何か言おうとしたけれど。麻美さんの言葉に、さえぎられてしまった。

「いいよ、わかってる。私は結局いつも、ふたりの中には入れなかった」

「麻美さん……」

私は名前を呼んだけれど、ついに彼女と目が合うことはなかった。

麻美さんはくるっと背を向けた。

「戻ってきても戻ってこなくても、自由にして大丈夫。……私は大丈夫、だから……」

その声は震えている。

……あぁ、麻美さんは本当に碧が好きなんだ。

心から、そう思った。

「夏海……来て」

私は覚悟を決めて、碧におとなしく付いていった。

もう私にできることは何もない。そう思ったから。

第十二章　絆　clover

ホテルの裏には、きれいな中庭があった。

小さな噴水まで付いていて、天国かと疑うぐらいに美しい空間だった。

「すごい！　こんなところがあったんだね」

来た時には気づかなかった、とつい無邪気に喜んでしまった。だけどそんな場合じゃないことを思い出して、ちょっと黙り込んだ。

「あっ、ごめん」

「…………」

「……碧？」

碧は噴水の縁に浅く腰かけて、私を見つめている。見つめられると少しくすぐったくなって「何？」と聞いてみた。

「いや」

碧が目を閉じた。風に体を預けるように、自然に。

どうしてか私は、今日の空はいつもより青いと思った。

碧が私のそばにいると……この世界は何でもきれいに見える。

「……それでいいな、って思ってたんだよ」

「え……？」

突然の碧の言葉に、首を傾げた。優しい笑みに胸がドキンとする。

「恋だの愛だの、そんな難しいこと言わなかったら、夏海はそうやって、俺の隣で笑っててくれる」

「碧……」

「……それでも、伝えたくなるんだよな」

碧はポケットから何かを取り出した。まだ手袋をはめていない手のひらにそれを置いて、もう片方の手で私を招き寄せる。

そっと近づいてみた。

「な、何……？」

「いいもの」

「え？」

その手のひらに載っていたのは、四つ葉のクローバー。

懐かしさに目を見開いた。

「これ……」

「今朝、公園で見つけた」

碧は楽しそうに笑いながら、私の手にそれを載っけた。

——胸が詰まって、何も言えなくなる。

「子供の頃にふたりで探した時は、午後まるまる使ったのにな。今日はすぐ見つかったんだよ」

「すごい……」

「それに、あの時は俺が取っちゃったから」

私は目を閉じた。泣きそうだ、と思った。

マスカラを付けているのも忘れて、グッと目を拭う。

「そんな、昔のこと……」

「昔から何も変わってない」

碧は私の手をそっと包み込んだ。

温かくて、心地の良い、大好きな場所。

いつの間にか小さくなった。もうここにしかない。ここさえも、もうなくなってしまう。

「何も変わってない」

もう一度繰り返された言葉に、私はこくこくとうなずいた。確かにその通りだと思ったから。

「そうだね。碧は変わってないね」

「夏海は、俺にとってお姫様だった」

ちょっとはにかんで、そんなことを言う。

碧をぎゅっとしたかった。その腕に、抱き締めてもらいたかった。

「いつだって夏海を中心に俺の世界は回ってた。好きで、大好きで、眩しかった。好きな人がいると世界はこんなにも変わるんだって、びっくりしたな」

私もだよ。今も本当は、何も変わっていないんだよ。

「幼なじみのお兄ちゃんとして見られてるのが悔しかったけど、でも幼なじみじゃなかったら、夏海と一緒に過ごした日々はなかったかもしれないんだよな。そう思うと、やっぱり出会えてよかったって思う」

碧は立ち上がって、にこっと微笑んだ。私の好きな、優しい笑い方。

きっともう最後になる。だから焼き付けておく。

「俺の願い事は叶わなかったけど、夏海のは叶いますようにって……願いながら探したやつだから、きっと大丈夫」

私は手元のクローバーを見つめた。

碧にそう言われれば、何でも叶うような気がした。

「……ありがとう」

――俺の願い事は叶わなかったけど。

ココロは痛むけど、私たちにはそれぞれ待ってくれている人たちがいる。

私が歩き出すのを待っている人がいて、碧が歩き出すのを待っている彼女がいる。

背を向けてそれぞれの道を歩くことは、悲しいけれど別れじゃない。

人を想い続ける優しさを、こんなにも教えてくれた人がいる。

彼が教えてくれたすべてを、もう二度と忘れちゃいけない。

「碧……」

「……うん？」

「麻美さんのこと、好き？　愛していく？　これから先もずっと」

それだけを確かめておきたかった。

クローバーをそっと持ったまま、私は碧に聞いた。

一瞬の風が吹いた。その美しい碧眼に、何の迷いもなかった。

「当たり前だろ」

「そっか。……それが聞けて、良かった」

「夏海」

ふっとほおをゆるめた私に、碧は続けた。力強い、言葉だった。

「会いに来てくれて、ありがとう」

「碧……」

「会えて良かった。会えないまま、言わないまま引きずらなくてよかった。俺も気持ちに整理がついたから」

碧が笑っているなら、私は幸せ。だから、自然と笑顔になった。

「うん。私も」

私が知ってる碧。私だけが知ってる碧があった。

だけどこれからは、私が知らない碧になっていくのかもしれない。

ずいぶん長いこと同じ時間を過ごすうちに、互いの色に染まってしまった私たちだけど……それでも、碧はきっと彼女の色に染まってく。自分でも気づかないうちに。

そして私もまた、誰かの色に染まっていくのだろう。

それでいい。それが、自然なんだ。

「そろそろ戻らないと、まずいんじゃない？」

「……そうだな」

「麻美さんが待ってるよ」

私はちょっと背伸びして、碧のネクタイを軽く整えてあげた。

そしてトンと背中を押す。

その体に触れる瞬間、碧と過ごした長い時間を思った。

「行ってらっしゃい」

「……夏海は？」

「私は、ここから先には行けない」

今度こそ、帰るつもりだった。

何か余計なものに流されないうちに、帰らなくちゃいけない、と思ったから。

「その格好で帰るのか」

「こっ、これは強制的に……」

フリフリに軽く触りながら面白そうに言われて、私はほおをふくらませた。

この格好で電車に乗るなんて、もちろん断固拒否。

「着替え持ってきてるし、祐樹に車出してもらう」

「そっか」

アイツ、やたらこき使われてんな。

碧がそう笑って、私もクスクスと笑った。

「面倒見がいいから、つい」

「……じゃ。もう行く」

「うん」

私は背筋をぴんと伸ばして、手を振った。最後くらいはしっかりとしていたい。

「夏海」

「うん？」

「幸せになって。誰よりも」

「うん。なるよ」

不思議と海にいた時よりも、別れという感じがしなかった。悲しくなかった。

私には、このクローバーがあるから大丈夫。


式場に戻っていく後ろ姿を最後まで見届けてから、私は祐樹に電話をかけた。
二、三回コール音が鳴ってから「もしもし!?」と急《せ》いた声がした。
悪いなと思いながら、「ちょっと出てきてくれない？」と言った。

「どうなったんだよ？　碧は？」

「碧は式場に戻ってるよ」

「なっちゃんは？」

「私は帰るから、祐樹に車を出してほしくて……あ、香奈たちには言わないで！　ややこしいことになるから、そっと出てきて。お願い」

三分もしないうちに、祐樹が走ってきた。

きちんとスーツを着こなしてなかなかのイケメンボーイなのに、こき使ってしまってつくづく申し訳ない。

私は「ごめん」と手を合わせてから、地面に置いてあった紙袋を持った。

祐樹が少し切なげな表情で私を見て、ゆっくりと口を開く。

「本当に、帰るの？」

「帰る。どうしてもいたくないの。ごめんね」

「もちろん送るけどさ……」

祐樹は何だかやりきれない表情をしていて、そんな顔を彼にさせてしまっていることに胸が痛んだ。

ありがとう。そう言うほかなかった。

近くのバス停まででいいと言ったけれど、距離が大して変わらないからといって新幹線の駅まで送ってくれることになった。

たとえどんなに遠くたって、祐樹はきっと送ってくれる。彼は昔からそういう人。時間が経って町の景色が変わっても、人の本質というのはなかなか変わらない。

「忘れ物ない？」

そう聞かれて、私は紙袋の中を確認してうなずいた。

「うん、大丈夫。着替えも入ってる」

「なっちゃん、その格好……」

「駅ですぐ着替えるから大丈夫」

本当は今すぐ脱ぎたいけど、そうもいかない。

私が肩をすくめると、祐樹はぷっと吹き出した。

「香奈ちゃん怒るぞ。抜け駆けしたー！　って」

「うん、絶対怒られるね。新幹線に乗ってから連絡する。事後報告」

「オッケー。それなら行こうか」

車のキーをくるくる回しながら歩く祐樹の後を、追った。

クローバーだけはちゃんと手に持ったまま。絶対につぶしたくないから。

それでも私には、これを守り通す自信なんてない。

どうするかは、決めていた。

「……祐樹」

「んっ？」

「ごめん。ちょっとだけ、立ち寄ってほしいところがあるんだけど」

第十三章　小さな思い出　memory short short

～Kana SIDE～

「帰っちゃった、のか……」

あたしはため息交じりでそう呟くと、スマホをぽいっとカバンに投げ入れた。

「せっかく来たのに肝心の式に出ないなんてねえ」

お母さんは何でもない調子でさらっとそう言ったけれど、その横顔を見るとわかった。ホントは、気づいてる。

碧兄ちゃんと麻美さんが腕を組んで出てくるのを見ていたけれど、遠くの出来事のように思えた。

碧兄ちゃんが笑うたび、麻美さんが笑うたび、フラワーシャワーの花びらが舞うたびに、それは遠くなっていく。

そして、いつかの記憶がよみがえってくる。

あたしの家にはいつも、王子様とお姫様がいた。

「夏海ー、香奈ちゃーん」

碧兄ちゃんの声がしたら、あたしはタタタと急いで走って玄関に行く。

無意識なのか、そうではないのか、碧兄ちゃんはいつもお姉ちゃんの名前を先に呼ぶけれど、いつも先に出ていくのはあたしの方だった。

「おはよー」

「香奈ちゃんおはよう」

「お姉ちゃんは、まだ支度できてないよ」

ちょっと呆れたように言ったら、碧兄ちゃんも困り顔で笑った。優しい笑顔で、好きだなぁと思う。

碧兄ちゃんは、同じ小学校の中でも一番、女の子にモテモテだった。

「遅刻したら困るのにね」

毎朝あたしたちを迎えに来てくれる碧兄ちゃんと、お姉ちゃんの支度《したく》ができるまでの間だけふたりで会話する。

小学一年生の頃だった。それがひそかな楽しみだと気づいたのは。

だから実は、あたしは少し早起きして、早く支度を済ませていた。

ある朝、いつものように支度の遅いお姉ちゃんを待っている時、あたしはさり気なく聞いてみた。

「……碧兄ちゃんさ」

その日、あたしはお母さんに、お気に入りの可愛いゴムで髪を結んでもらっていた。碧兄ちゃんは気づいているのかいないのか、特に何も言わなかったけれど。

「何?」

いつもの優しい笑顔を向けてくれる。

「好きな子とか、クラスにいないの?」

五つも下のあたしにとって、同じ小学生とはいえ、六年生の碧兄ちゃんは大人だった。本当に、お兄さんって感じに見えた。

「え?」

だけどその時、碧兄ちゃんのいつもクールな顔が、少しだけ赤くなった。

はっきりとわかりやすい反応に、あたしは内心ショックを受けていた。

……いるんだ。

「え?　誰なの?　だれ?」

動揺を隠す術なんて持っていなかったから、あたしは身を乗り出すようにしてそう聞いた。ランドセルが背中で軽く揺れる。

「そ、そんなの言わないよ」

碧兄ちゃんは手で口を隠すようにして、言った。

そんな碧兄ちゃんを初めて見たあたしは、ますます知りたくなった。

碧兄ちゃんの好きな人が、うらやましくて。そして、その時に初めて、小さな胸がずきんと痛むのを覚えた。

……何だろう？　この感覚は。

「教えてよー」

「言わない」

「なんで？」

碧兄ちゃんは少し困ったような顔をして、考えながら答えてくれた。

「お母さんやお父さんを好きって思う気持ちと、その子を好きって思う気持ちが、一緒なのか違うのか、まだわからないから」

「………？」

言葉の意味がよくわからなくて首をひねったあたしに、碧兄ちゃんも「わからないよね」と笑った。

「俺にも、よくわからないんだ」

たぶんあのころから、碧兄ちゃんはあたしが思っているよりも、ずっとずっとお兄ちゃんだった。大人だった。

それでもまた、胸がずきんとした。

ココロが、ちょっとだけ痛い。

「お待たせ！　ごめんね」

「やっと来た」

あたしの後ろから走ってきたお姉ちゃんが、ため息交じりに笑う碧兄ちゃんに手を合わせて頭を下げた。

「ごめんなさい」

そして靴を履いてから、ランドセルを背負った。

あたしよりも長い髪の毛。あたしよりも少し高い背。ちょっとあたしより先に行って、碧兄ちゃんと並ぶ。

「いいよ。いつものことだし」

「そんな言い方ってないでしょー」

お姉ちゃんと碧兄ちゃんが話しているのを見ていて、気づいたことがあった。

碧兄ちゃんの目がきらきらしていた。

うまく言えないけど、うれしそうだった。あたしといるときより、もっともっと、優しかった。

「あらあら、碧くんおはよう。三人とも行ってらっしゃい」

見送るために玄関に出てきたお母さんにも気づかずに、話し続けているふたりを見ながら、あたしはお母さんにこそっとささやいた。

「ねーお母さん」

「何？」

「このふたり、結婚するのかなぁ」

お母さんは驚いたようにあたしを見てから、ふたりを見て、小さく笑った。

「さぁ、どうかしらね」

「だって見てよ。碧兄ちゃんは王子様で、お姉ちゃんはお姫様にぴったりじゃない」

――だいたい夏海はいつも寝坊するから。

――いつもじゃないもん！

そんなやり取りをするふたりが、とても眩しくて。だけど、やっぱりちょっとだけうらやましくて……あたしは胸を押さえた。

しまっとこう。今の気持ちはココロに、大事にしまっとこう。

「結婚するかは、わからないわね」

「そうかなぁ」

「でも、ずっと仲良くいられたらいいわね。お互い、大事な人としてね」

お母さんがそう言って笑った。

ただの友達でもない。結婚するわけでもない。だけどずっと、大事に想い続ける。

あたしはその言葉の意味をその時、まだちゃんとわかっていなかったけれど。

「じゃあ、行ってきます！」


——ほんの少しの切なさと優しさを覚えた、あの日。

それから何年も経って、同じ感覚が今、胸の中に湧いていた。

おめでとう！　お幸せに！

教会の鐘が鳴り、祝福の声が飛び交う中、碧兄ちゃんのきれいな横顔に、あたしはココロの中で語りかけた。

……碧兄ちゃん。お姉ちゃんはきっと、一生あなたを忘れないと思う。

碧兄ちゃんも、お姉ちゃんを一生忘れないでしょう？

だからね、絶対に幸せになって。

そうじゃなきゃ、お姉ちゃんはきっとまた泣いちゃうから。

ホントはあの人は泣き虫なんだって、知ってるでしょう？

幸せになってね。もしかしたら、もう会うことはなくなるかもしれないけれど。

あたしにとっても、あなたはずっとずっと、大切な人なんだから。

「おめでとう、碧兄ちゃん」

ふたりがあたしの前を通った時、あたしはお姉ちゃんの分まで、笑顔でそう言って、花吹雪を降らせた。白い花びらがそっと、碧兄ちゃんの髪に落ちた。

——さよなら、ありがとう。

エピローグ　碧色の君へ　epilogue　Dear my Blue

～Aoi SIDE～

階段をゆっくりと上がった。少しずつ呼吸を整えながら。

控え室にたどり着くと、妙な緊張感を覚えながらドアノブに手をかける。

開いたドアの向こうは、いたってシンプルな光景。少しの荷物と、テーブルの上に置かれたままの手袋。

誰もいないことに、なぜか安心していた。

一瞬だけでいいから。今、この瞬間だけはひとりでいたかった。

部屋に備え付けのドレッサーの前を通り過ぎた時、その大きな鏡に目が行った。

足を止めて引き返すと、鏡の真ん前に立ってみる。

少し疲れた顔をしてる。でも生き生きとしているようにも見える。

自分は自分だし、俺には俺の、戻るべき場所がある。

それを教えられなければきっと……ここには戻らなかった。

ふとテーブルの上の手袋に目を留めた時、独り言がぽろっと出た。

「……やべ、忘れてた」

純白の手袋をはめながら、目を閉じてそっと深呼吸をした。

いろんな想いが込み上げてくる。

人のココロというものは深い。出会いや別れなんて、案外簡単なひと言で始まったり、終わったりしてしまう。

どういうわけか、人生にはそういうことがある。そんなことばかりあふれている。

言葉は大事。だけど言葉だけでは伝え切れないことがある。言い表わせないことがたくさんある。

――でも、君はきっと、知らない。

ほんの少しも、ほんのひとかけらさえも、想像したことはないのだろう。

俺は窓から見える空を仰いだ。

あの時の、夏海の横顔を思い出す。

『大好きなお兄ちゃんだよ』

涙をこらえるような笑顔でそう告げた彼女の、小さな指先が震えていたことを覚えている。

悲しいことがあるのに言わない。強がって、精一杯の嘘をつくときの、夏海の癖。

小さい頃から同じだった。

無意識に震えるんだ。ココロの振動が、瞳から指先にまで伝わる。

見抜けないわけがなかった。

本当は連れ去ってしまおうかと思った。本気で思った。周りからどう思われても、夏海がいればそれでいいとすら考えてた。

それでも、あの頃の俺よりは今の俺は少し大人だったから、冷静に考えることができた。夏海の言葉の意味を。

涙をこらえて俺に笑いかけてくれた理由を、ちゃんと考えなくちゃいけなかった。

——幸せって何？

いまだによくわからない。正直に言えば、全然わからない。

ただ夏海の言う通り、この空白の八年間……みっともない自分のことを受け止めてくれて、そばにいてくれた人のことを考えてみる。

そのときに、ほっこりと芽生える、なんだか生あったかいもの。それが幸せってやつなんじゃないかと思う。当たり前にそばにあったけれど、もう好きだと言えなくなったり、もうその笑顔が見れなくなったりすることを想像すると恐ろしい。

今の俺に幸せをくれるのは間違いなく麻美で、彼女とこれからの人生を歩んでいくことに迷いはない。それでも、今でも愛しくてちょっと泣けるぐらいに、夏海は俺の大切な女の子だった。

こんなに愛しい人を、いつか忘れるときが来るのか。

きっと永遠に来ないだろう。手に入らなかったからこそ、ずっと想うのだろう。

夏海を忘れるときはきっと俺が死ぬ時であり、生きている限りはありえない。

ココロは想い続けてくれる。

愛だの恋だの難しいことは言わなくてもいい。大切な人として想い続けてくれる。

それでいい。それでいいじゃないか。

「……碧」

名前を呼ばれた。柔らかくて、少し高めで、ふんわりとした声。

――なんで、似てるなんて思ってたんだ。

こんなにも違う声を聞き分けられなかった自分が、少し情けないぐらいだった。

「麻美……」

振り向くとそこには、ウェディングドレスに身を包んだ彼女が立っていた。

驚いたような、少し不安げな瞳が俺を見つめている。

「戻ってきてくれたんだ」

俺は何も言わずに、そっと彼女の手を取って指をからめた。互いの指から伝わる温もりが、何かを溶かしていく。

はぁとため息をついた。こんなに暖かい場所に、気づけずにいた。

「……なんで似てるなんて思ってたんだろうな」

「え……」

「全然似てない」

「碧？」

「不安にさせて、ごめん」

俺はそっと麻美の体を抱き締めた。

いつもそばにいてくれたのは彼女で、俺がそばにいたいと願うようになったのも彼女だった。この人を、これから何十年かけて幸せにしていかないといけない。

「……愛してる」

「ちょ、泣かさないで……化粧が崩れる……」

涙をぐっとこらえすぎて変な表情になった麻美を見て、思わず小さく笑った。

「なによ、ふふっ」

つられて麻美も笑う。

もう、それが幸せなんだって、幸せってこんな形をしているんだって、つくづく思った。

——夏海が俺に、それを教えにきてくれたんだ。

麻美が思い出したように、壁の時計を見上げた。

「そろそろだよね」

「誰か呼びに来るだろ」

「もう、行く？」

「行きますか」

再び彼女の手を取る。

もう何の迷いもなく、俺の未来はすぐそこに待っていた。

扉の向こうには、また新しい道がある。君の手を取って、歩いていく。

俺は君の色にゆっくりと染まっていく。

～Natsumi SIDE～

「この辺で、いい？」

「うん！　ありがとう」

海がきれいに見えて、小さな堤防がある場所。昼間の海は少し眩しすぎて、キラキラと目に痛い。

先に車から降りた私に続いて、祐樹も堤防にひじをついた。

「やっぱきれいだな。日本できれいな海って、あんま残ってないもんな」

しみじみとそう呟く。

私もうなずいて、「この海だけは変わらないもんね」と言った。

潮の匂い。寄せては返す波の音。少しだけべたつく風が体をそっと包み込んだ。

この街を去る前に、どうしても寄っておきたい場所があった。

人はいつか必ず故郷に帰ると言うけれど、私はその〝いつか〟をあっという間に通り過ぎた。短すぎるぐらいの一瞬だったかもしれない。

それでも最高のタイミングで、最高の瞬間だったと思っている。

もう、ここには戻らない。

そんな確信のもとで、最後に目に焼き付けておきたい景色があった。

「なっちゃんの名前の〝夏海〟ってさ……」

「うん、ここから付いた。あれ？　言わなかったっけ？」

「知らなかったなぁ。そうじゃないかとは思ってたけど」

そうか。そういえば、碧と香奈にしか言わなかった。

うなずく私に、祐樹は続けて「もしかして、碧の名前も？」と聞いた。

私は一瞬きょとんとしたけれど、すぐに「ああ」と手を打った。

……そういうことね。

「碧の目って、碧いでしょ。だからだよ」

「あれ。この海の色が碧いからだと思ってた。目のほうなのか」

「海も確かに碧だね。両方から来てるのかなぁ」

私はほおづえをつきながら、そっと目を閉じた。

あおい。

この名前を口にするたびに、思い出すことがちょっと多すぎる。

碧。

困ったことに……私が好きだった場所は全部、全部君であふれ返っている。

その感情や想いを何と呼ぶべきなのか、今はちょっとわからない。

「なっちゃん」

「……うん？」

「碧のこと、好きだった？」

「うん」

「どういうふうに、好きだった？」

海は人を素直にさせるのだろうか。祐樹は前を向いたまま、ポンポンと質問を重ねた。少し驚いたけれど、もう何年も聞きたかったことなんだろうと思うと、妙に心が落ち着いた。

「うーん……どんなふうにだろう」

「いつから？」

「……いつからだったんだと、思う？」

質問に質問で返す。その答えはきっと、彼の方がよく知っているはず。

私は祐樹の目を見た。

私は自分の想いに気づくのが遅すぎて、気づいた時にはもう素直にはなれなくなっていた。後悔ばかりの人生だけど、ひとつだけ挙げるとしたなら、それが碧に関する唯一の後悔。

「初めから、碧となっちゃんは同じ目をしてるように見えてたよ」

「え？」

「うらやましく思ってたぐらいだ。ふたりは好き同士なんだって、ずっと思ってた」

私は祐樹の横顔を見つめた。

懐かしそうに言葉をつむぐその顔は、優し気に微笑んでいて……何も言えなくなった。

「なっちゃんの色は碧の色で、碧の色はもうなっちゃんの色なんだ。お互いの色に染まってる。俺はいつも、そう思ってたよ」

一緒にいた時間は、いつの間にか私たちを染め上げていた。——同じ色に。

いろんなことが、いろんな形になってあふれてくる。

私は泣いていた。涙が止まらなかった。

「なっちゃん！　ちょ、泣かないで……」

「もうっ……なんで、結婚、しちゃったんだろう……」

激しくうろたえる祐樹を前にしても、涙が止まらなかった。

しゃくり上げながら、私は想いを吐き出した。たまっていた想いを、全部。

「碧はずっと……私だけを、好きでいてくれるって……私だけのものだって、そう思ってたのに……」

小さい子みたいに泣きじゃくった。

わがまま並べて身勝手なことばかり言って、全然可愛くない。こんな私にずっと付き合ってくれたのは碧だけで、碧のことを全部知ってるのも私だけだと思っていた。

私たちはずっと一緒。

そんな漠然とした何かを、どういうわけか強く信じていた、あの頃に戻りたい。

「碧の……バカ……っ！」

ひたすら吐き出した後、私はズッと鼻をすすった。

涙を拭いながら、呼吸を整えながら、「でも」と小さく呟いた。祐樹のくれたハンカチで目を軽く押さえて、言葉を続ける。

「幸せになってほしいのは……本当なんだよ……」

大好きだった。

「よしよし」

祐樹に頭を抱き締められて、私は脱力してポスッと体を預けた。

全身の力が抜けていた。人の温もりというのは、本当に安心させてくれる。

「俺には全部本音言っていいんだよ」

「……っ」

「わかるよ。幸せになってほしいって思うけど、めちゃくちゃ切ないんだろ。そんなの……なっちゃん見てたら、痛いほどわかるよ」

涙で濡れた顔を上げると、あまりに優しい表情をした祐樹と目が合って、少し恥ずかしかった。

「祐樹……ごめんね」

「……いや。なっちゃんの本音が聞けて良かった。喫茶店で再会した時から、ずっと無理してるような気がしてたから」

驚いて目を丸くした私に、祐樹は軽くウィンクした。

私や碧が何かやらかした時に祐樹がする癖で、すかさず碧がツッコミを入れていた、あのウィンクだった。

「本音を吐き出さないうちは、前には進めないから。でもなっちゃんはもう大丈夫」

「うん……ありがとう」

その優しさに胸がいっぱいになったとき、紙袋の中のスマホがぶるぶる振動した。

着信はお母さんからになっている。よく見ると、メッセージも何件か入っている。

私はあわててスマホを紙袋の中に戻した。

「出ないの？」

「出ない！　追っかけてきそうだし。あとでメッセージだけは送っとくけど」

「そっか、俺もそろそろ戻ろうかな」

腕時計に目をやる祐樹を見て、そうだった！　と私も慌てる。

「ごめんね祐樹。式、時間大丈夫かな？」

「いや、もともと俺も、あんまりああいう場って得意じゃないんだよ。スピーチも頼まれたけど断ったし。途中から戻ればたぶん大丈夫」

華やかな場が得意そうな祐樹には、意外な話だと一瞬思ったけれど……真に受けるのはやめた。彼は誰かのためなら、簡単に小さな嘘をつけるから。

「……ありがとう」

「え？」

「あ、やっぱり何でもない」

「そういやさ……」

何かを思い出したように、祐樹がパンと手を打った。

そして自分の鞄を開けると、何やら中を探り出す。

しばらく探ってから「あったあった」と顔を上げた。何かを握りしめている。

「何それ？」

「あのさ、小学校ん時の英語の授業で」

「しょ、小学校で英語なんかあったっけ!?」

驚いてそう突っ込んだ私に、祐樹が「あったじゃん。ほら、一ヵ月に一回だけ簡単な英会話ってやつ。小六の時に」と言った。

……あ。言われてみれば、中学に上がる前から多少は英語に慣れておくべきだ、とかそういった理由で、六年生の時だけそんな授業があった気がする。

うちの学校だけだったのか、それはよくわからないけど。

「その時にさ、大好きな人にメッセージカードを書きましょうってやつがあって」

「うん」

「碧が書いたやつ、やっぱり捨てて、って言われてたけど……なぜか俺がずっと持ってたんだ」

握り締めていた手を、ゆっくり開いていく。

祐樹の大きな手のひらに載っかっている、少し古ぼけたメッセージカード。だけど文字がはっきりと見えた。

【Dear Nasumi】

「これじゃ〝なすみ〟になってるよな」

おかしそうに笑う祐樹に、私も小さく笑った。

だけどその先に続くひと言を、食い入るように見つめてしまった。

【You are my love.】

君は、俺の〝愛〟です。

「初恋の君へ」とでも訳すべきかな。

私は目を閉じた。胸がじんわりと熱くなって、まぶたが震えた。

だけどもう、涙は出ない。

「そっ、かぁ……」

「……なっちゃん？」

もし私があの時、碧の気持ちに応えていたなら。

もし私があの時、碧に「恋人になりたい」と言っていたなら。

その想いを封じ込めるように、カードを胸に抱き締めた。そして、四つ葉のクローバーをその上に重ね合わせた。離ればなれになるのは、なんだか可哀想だ。

「祐樹、ペン持ってない？」

「ボールペンあるよ」

「ありがとう」

低い堤防の上にそっとカードを載せて、借りたペンを走らせてみる。碧の下手くそな字の下に。

【You are my love too.】

私の初恋も、きっと君だった。

ペンを祐樹に返して、私はカードをそっと折りたたんだ。そして自分の髪に着けていた小さなピンをひとつ外す。

カードと四つ葉のクローバーをそっと重ね合わせて、ピンで留めた。やっぱりこのふたつは離れないでいてほしい。

私はクローバーに軽くキスをした。

『夏海の願い事が叶いますように』

碧は私にそう言ってくれた。

今、私には数え切れないくらいたくさんの願い事がある。仕事がうまく行きますようにとか、いい彼氏ができますようにとか。

だけどそんなものがはるかにちっぽけに思えるくらいに、もっともっと叶ってほしいことがある。

ちょっとこのクローバーには重たすぎるかもしれない。

……だから私が引き受けます。背負い切れない分は、私が引き受けるから。

「碧が幸せになりますように。この先もずっと、ずっと幸せでありますように」

それだけを、私は願いに込めた。

小さな小さな四つ葉のクローバー。あの時に叶わなかった願いの分も、碧を幸せにしてください。

「えいっ」

私はそれを、大きく振りかぶると海に向かって投げ込んだ。

祐樹は驚いたように、「なっちゃん！」と声を上げた。

「な……投げた？」

「うん。だってこの海が、私と碧の待ち合わせスポットみたいなものだからね」

首を傾げる祐樹に、「ううん。こっちの話」と手を振った。

堤防から危なくない程度に少しだけ身を乗り出すと、それは輝く海の中に見えた。

遠くから見たら何かわからないぐらい。だけど確かに見える。願いを載せたクローバーは、小さなカードに載っかっていて、それは更に白い波に載っかっている。

浮き沈みを繰り返して、いつかどこかにたどり着いて。

居心地のいい、あの場所に。


「夏海！」

「なーに？」

「今度さ、お誕生日会やるんだって」

「お誕生日会？　私の？」

「うん。俺が夏海のお祝いカード書いてあげる！」

碧がうれしそうに、肩を弾ませて言った。

だから私もつられてうれしくなって、ジャングルジムの上から手を振る。

「ありがと！」

「カードの色が選べるんだけどさ」

「うん」

「何色がいい？　何色が好き？」

交じり合うことはあっても、ついに溶け合うことはなかったふたつの恋心。

それでも私の中には、まだ君の色が残っていて……。

きっと君の中には私の色があることを、今は少しだけ願ってしまう。

小さな想いはキラキラと輝きながら、色あせることもなく、静かに流れていく。

『あお！　碧色が好き！』

夏の海。

それは――碧く、
碧く。

番外編

碧色の君へ　～the last summer blue～

第一章　その瞳には　your eyes

『あなたを永遠に愛してる』
You are my eternal love.

――俺は昔からそうだ。

待ち合わせに異常に早く着いてしまう。使いもしない荷物を持ってきてしまう。必要以上に調べてしまう。頼まれていないことまでしてしまう。

とにかく、周りに気を使いすぎて体力を消耗してしまう。

その割には、結果的にあまり役に立てなくて感謝もされない。

――空回り。

まさに、この言葉が人の形をして生まれてきたような俺だけど。

だけど彼女は「優しいね」と、笑ってくれるんだ。

そんな彼女に出会って、三年目の夏が来た。

「はいはい、お疲れー！　もう上がっていいよ」

「ありがとうございます」

洗った手をタオルで拭きながら、店長に笑顔を返した。

朝九時からラストの夜十時まで、久々にフルで働いてしまったけれど、そこまでお客さんの数が多かったわけではないし、そんなに疲れてはいない。うーんと伸びをして肩を軽く鳴らした俺に、店長がお茶を煎《い》れてくれた。

「いやーお疲れ。ホント、まっちゃんはよく働くね！」

まっちゃん。俺、松井圭一の苗字、松井から付いた呼び名。

幼稚園時代から大学の今まで、七割方はその愛称で呼ばれてきた。圭一という名前がそれなりに気に入っている俺としてはちょっと複雑だけど。

店長の、人の好さそうな顔で親しみを込めて呼ばれると、悪くないなと思う。

「まっちゃんは今年修了だっけ？　大学院」

「そうです」

「寂しいなぁ。来月で終わりなんて」

俺はちょっと首を傾げるようにして「早かったですね」と微笑んだ。

もう二十四だ。大学院修了後は、第一志望のＩＴ企業に就職が決まっている。

それに向けての準備が忙しくなるから、俺は来月末でこのバイトを辞めることになっていた。

大学四年の春から、三年間も続けていたアルバイト。「おしゃれなレストランで働きたい」と思っていて、何となく見つけた広告から応募したバイト先だったけど、店長をはじめとした人間関係がとてもいい感じだった。

福井から上京してひとり暮らしだったけど、別にお金にはそんなに困っていなかった。体力的にしんどい時もあった。それでもできる限りシフトに入った。

自分でも胸を張って言えるぐらいよく働いた。それは……。

「店長。こないだは無理って言ってたんですけど、明日も入れますよ。私」

柔らかい声と共にスタッフルームのドアが開いて、ひょこっとのぞいた顔。

男なら誰もが見とれるようなきれいな顔が、俺に気づいて小さく笑みをつくった。

「あ、松井くん。お疲れ」

──夏の海と書いて、なつみ。それが彼女の名前。

そうなんだ。彼女がいるから、彼女に会いたくて、俺は無意識のうちにバイトを頑張ってしまう。

──そんな日々が、かれこれ三年も続いてしまった。

我ながらヘタレだと思う。彼女がいる日を狙って自分のシフトを決める、ヘタレなアプローチを地味に続けすぎた。それでもきっと、彼女はまったく気づいていない。

「お疲れ。ナツもまっちゃんも、もう上がりな。遅いから気をつけて帰れよー」

店長の声に追われるように、俺と夏海は「お疲れ様でした」と言って店を出た。


夏の夜は短いとはいえ、さすがに夜十時は暗い。

「……今日は、金曜日か」

「夏休みに入ると曜日の感覚がなくなるよね」

夜道をふたり並んで歩くことなんてこれまで何度もあったのに、いつまでも色あせずに緊張し続ける。気の利いた会話もできやしない。

中学、高校と、恋愛をしたこともあったけれど、こんなに奥手な自分を知らない。きっと自分のココロが、かつてないぐらいに夏海を好きになってしまっているんだろう。そう思う。

ちらりとその横顔を盗み見た。

「夏、かぁ」

ルージュをひいた形のいい唇が軽く開いて、小さな声がした。

彼女は目を閉じていた。涼しい風を受けて、かすかに前髪が揺れた。ふわっといい匂いがする。

「夏は好き？」

そんな、しょうもないことを聞いてしまって、若干《じゃっかん》後悔した。

夏海は目をそっと開くと「夏？」と呟くように言った。

その目は俺を見てなくて夜空に向けられているけど、何かもっと、遠くのものを見ていた。

「夏は、嫌い」

何の曇りもない、きっぱりとした答え。

意外な答えに驚いて、夏海を見た。彼女は静かに笑っていた。

「夏は嫌いなの。変わってるよね」

自嘲気味なその笑みが彼女らしくなくて、俺は少し首を傾《かし》げた。

「珍しくはないんじゃないかな。俺もそんなに好きじゃない。暑いし」

「そうじゃないんだ」

夏海は首を振った。柔らかい声がいつもより少しこわばっているのは、気のせいじゃないみたいだった。

「そうじゃない」

もう一度、独り言のようにそう言って、夏海は鞄を肩にかけ直した。

細く華奢な肩がわずかに落ちた。そして深呼吸をひとつすると、またいつもの笑顔を俺に向ける。

「じゃあ、またね」

その声に、いつの間にか分かれ道に来ていたことに気づいた。

俺と夏海は帰る方向が違うから、一緒に歩く距離はわずかだった。

……またね。

そう言っていつも通り、くるっと背を向けた彼女がなぜか気になって、呼び止めていた。

「あのさ」

「……うん？」

二年前の夏に、初めて彼女を食事に誘った。実現したのは秋だったけど。

そして去年の夏は、一緒に水族館に出かけた。

——それでも、君は、夏が嫌い？

「今年の夏は好きになろうよ」

そんな、意味のわかんないことを口走っていた。

彼女はきょとんとして、大きな瞳をさらに丸くしていた。

それでも続けるしかなかった。

「海を見に行こう」

今思いついたことだけど、とっさにそう言っていた。

なんて展開なんだ。我ながら驚いた。

こんな大都会に海なんてあるはずがない。相当車を走らせないといけない。

てかそれより、今年の夏は好きになろう、って。何だよそれ……。

自分で自分に突っ込みながら、俺は「いや……別にいいんだけど」とあわてて付け足した。

そうだ。そう、別にいいんだ。できれば、今言ったことは忘れてほしい。

「いいの？」

悪戯っぽい声に、俺は顔を上げた。

思ったよりも、夏海は優しい表情をして、小さく首を傾げていた。

「私は行ってもいいよ」

「え……マジで？」

「松井くんが」

彼女の細い指先が、俺をそっと指差す。どきっとした。

「私に夏を好きにさせてくれるなら」

そしてふわっと笑った。

彼女に惚れない男なんていないんじゃないのか。本気でそう思った。

「それなら、行こう」

「いつにする？」

「明日とか」

「急だね」

いいよ、と夏海は笑った。サラサラの長い髪が風にそっとなびく。

夏の海。そんな名前を持つ君は、夏が嫌いだという。その理由が気になった。

「それじゃ、明日の朝10時に迎えに行く」

「ありがとう」

じゃあね、と手を上げた夏海をもう一度引き止めた。聞いておきたかった。

「夏海」

「うん？」

だけど澄んだ瞳にじっと見つめられると、出かかっていたはずの言葉が詰まった。

「……や、何でもない」

「そう？」

「ん。明日な」

「わかった」

ばいばい、と小さく手を振ると、今度こそ彼女は去っていった。

俺は中途半端に手を上げたまま、その華奢な後ろ姿を見守った。

……なんでだろう。

こんなに好きなのに。長いこと見てきたのに、全然わからない。

彼女が何を想い、何を愛して、何を憎んで、何を見つめてるのか。全然わからない自分が悔しかった。

聞きたかった言葉は、胸の中で溶けていった。苦味を残したまま、じわじわと浄化されるように。


――君の瞳に映るのは誰？

第二章　初恋　first love

正直に認めれば、最初はその容姿にひと目惚れした。

華奢な体に小さな顔、サラサラの長い髪。鼻筋はすっと通っていて、大きな瞳は目が合うだけでドキドキした。

「同い年ですね。夏海といいます。よろしくお願いします」

育ちの良さそうな、清楚な雰囲気。

柔らかい笑顔で、初めてそう話しかけられた時から、一気に恋に落ちていた。

店長やバイト仲間が彼女を〝ナツ〟と呼んだ。だから俺もそうしていた。

それがいつの間にか、そのまま名前で呼ぶようになる。

……夏の海。イメージ通りだ、と思ったのかもしれない。

彼女の色は、海の青色。そんな感じがする。

だけど、なぜかその青はどこか寂しそうで、そのはかなげな雰囲気にまた吸い込まれてしまうんだ。

約束の時間の五分前。

玄関のドアが開き、白いワンピースを着た夏海が姿を現した。

「お待たせ」

小さく手を上げて、少し急ぐように俺の車に駆け寄ってきた。

俺は運転席から窓を開けて応えた。

「おはよう」

「待たせちゃったかな」

「全然」

待ち合わせに三十分も前に着いてしまうのは、いつもの癖なんだ……なんて、ココロの中で苦笑しながら。

「えっと……」

実は、夏海を車に乗せるのは初めてだから、緊張していたけど。でもそれは夏海も同じだったようで、一瞬ためらってから、「失礼します」と助手席のドアを開いた。

アプローチしてくる他のバイト先の仲間に対しても、夏海は基本的にドライだ。さり気なく、しかし確実にかわしてしまう。俺としては助かる話だけれども。

だからこそ、彼女が助手席に乗ってくれたのは少し意外だった。以前の食事や水族館も含めて、今回の誘いに応じてくれたのも全部意外だった。

だから、期待しちゃいけないと思っても、期待してしまう。

もしかしたら彼女の〝特別〟になれるんじゃないかと。

でも、助手席と運転席の距離は、思ったよりも少しだけ離れていた。

「こういう時には助手席に乗りなさいって言われたの」

柔らかい声に、思わず横を向いた。

目が合う。小さく笑みをつくった夏海がとても愛しくて、抱き締めたくなった。

「そうなん?」

「うん。だから助手席に乗ってみた」

……何だよそれ。反則だ、もう。

その言葉ひとつ、まばたきひとつにさえ振り回されてる自分が怖い。馬鹿みたいに、うれしくてたまらない。

そんな思いを封じ込めるように、エンジンをかけてアクセルを踏み込んだ。

「待ち合わせの何分前に着いたの?」

車を走らせた俺に、夏海が話しかけてきた。軽く心臓が跳ねる。

「……え、なんで?」

「空っぽのコーヒーの缶があるから。何となく。待っててくれていたのかなーって」

運転席と助手席の間にある、ぺこっと凹んだ穴。

そこに置きっぱなしになっていた空き缶を、夏海が手に取った。

……捨てるのを忘れていた。妙に張り切り屋さんの、俺の足跡。

「まだちょっとだけ温かいね」

「癖なんだ」

前を向いてハンドルを握ったまま、俺は自嘲気味に笑った。

「昔から、待ち合わせには異常に早く着いてしまう。相手を絶対に待たせたくないのと、何か忘れものしてたら困るのと、まぁ、いろいろ重なって」

三十分前に着いたって、何もすることないのにね。

慎重すぎる。そう思うんだけど、もうずっと、変わらない癖。

「優しいんだね」

夏海はふわっとした笑顔でそう言うと、空き缶を元の位置に戻した。

――優しい。

その言葉がじわっと胸に響いて、思わずまばたきをした。

「……え。優しくないよ」

「松井くん、いつもそう。バイトも絶対早めに来て、みんなの分まで準備してくれてるんだもん」

俺は夏海の横顔に目をやった。

——そんなこと気づいてるの、店長だけだと思ってた。

「誰に感謝されなくても、頼まれたわけじゃなくても。……すごいなって思う」

左にハンドルを切った時に、後ろのトランクの中で荷物が揺れる音がした。

いらない可能性のほうがはるかに高い荷物を、トランクに詰め込んでいる。

「いや、俺は……」

照れくさくなって、少し苦笑して、それを隠すようにオーディオのスイッチを入れた。大好きなスピッツのCDが入れっぱなしになっていた。

「もう空回りばっか。無駄に荷物多くなるし、無駄に調べすぎるし」

「無駄なんかじゃ……あ——」

言いかけた言葉を止めて、夏海が軽くこっちに身を寄せてきた。

驚いて、一瞬だけハンドルから手を離しそうになる。

なんてことをするんだ。

「な、何？　どした？」

「スピッツだ！」

夏海の目がキラキラと輝いた。

初めて見た、子供みたいに無邪気な笑顔だった。

オーディオのそばに重ねてあったCDを手に取っている。

「松井くん、スピッツ好きなの？」

「あ、うん。父親がよく聞いてたからさ」

「私も。ほとんど歌える。下手だけど」

夏海がボタンを操作すると、もう何度も口ずさんだ歌が車内に流れ始めた。

彼女が好きなものをひとつ見つけた。しかも共通した趣味。

思わず笑みがこぼれる。

「いい曲だよな」

「だよね。……あ、ごめんね。話の腰を折っちゃった」

彼女はCDケースを元に戻すと、申し訳なさそうに続けた。

スピッツの「渚」が流れている。めちゃくちゃ切なくて、いい曲だ。

無意識に口ずさみそうになった時、夏海が「私、好きだな」と呟くように言った。

その声で我に返る。

「ん？　何が？」

「松井くんの、そういうとこ」

「……え？」

とまどった声を上げた俺に、夏海は目を閉じ、シートにもたれかかったまま続けた。

「バイトでの飲み会とか場所を決めてくれるの、いつも松井くんだったでしょ。そしていつも、絶対にハズレないの。松井くんが勧めるものはいつも絶対に素晴らしい」

丁寧に調べすぎる。何度も確認して、慎重に慎重に考えすぎる。

――そんな空回りの俺を、彼女はきれいなものへと変換してくれる。

「優しいよね。本当に」

そう笑ってくれる君の方が、絶対に優しいのに。

「だから」

その声が、ちょっと悪戯《いたずら》っぽいトーンになった。

長い髪をそっと耳にかけると、夏海はオーディオの操作ボタンに細い指を当てた。

「松井くんの、一番のお勧めの曲を教えてよ」

意外な言葉に、俺は「えー？」と笑った。

天気が良くて、真っ青な空。その空に向かうように車をまっすぐ走らせながら、真剣に考えた。軽い調子で頼まれたことなのに、真剣に考えてしまう。

数分首をひねってから、俺はようやく「じゃボタン二回押して」と夏海に言った。

乾いたかすかな音が二回してから、曲が流れ始める。

夏海が「……あ」と小さく声を漏らした。

「『スピカ』、かぁ」

「うん。…悩んだけど、俺、たぶんこれが一番好き」

騒がしい街並みを抜けて、少し郊外までやって来た。

景色が切り替わる様子を、夏海も興味深そうに眺める。

そういや海なんて、全然行ってなかった。

「メロディー？」

「……え、何が？」

「この曲の、メロディーが好きなの？」

窓の外の流れる景色に目をやったまま、夏海がそう聞いてきた。

俺はまた少し考えてから答えを返す。

「メロディーも好きだけど、歌詞かな」

「歌詞？」

「途切れたりもするけど、幸せはずっと続くんだって、そんな感じの歌詞あったじゃん」

そう言った時に、ちょうどサビが流れた。

お互いに無言でそれに耳を傾ける。そして、聞こえた。

「うん……やっぱりいいよね」

夏海は微笑んで、鼻歌を歌いながら窓の外を見る。

もっと彼女の表情を見ていたいけれど、運転中よそ見をするわけにもいかない。

そのまましばらく沈黙が続いた。でもそれは、沈黙というよりはただ静かな時間が流れているという感じで、むしろ居心地が良かった。

ＢＧＭはスピッツのまま。車を走らせながらそっと横に目をやった時、夏海は顔を向こうに向けていたから、寝てるんだろうと思った。

優しいメロディーを聴きながら夏海を乗せてドライブしていると、なぜか初恋の相手を思い出した。

今となればどうでもいい話だけど……中学の同じクラスで風紀委員だった女の子。どっちかといえば俺は真面目なほうだったから、しっかりしていて真面目で清楚な雰囲気の子が好きだったのかもしれない。今までの恋愛を思い返しても、たぶんその傾向は変わっていない。

初恋は、実った。

体育館の裏でなんて、今考えると笑っちゃうようなありきたりなシチュエーションで、ちっぽけな告白をして。なぜかわからないけどＯＫしてもらって。ちょっと付き合って、すぐに別れてしまった。

なんせ中学生だから、付き合うといってもたいしたことはできなかった。せいぜい頑張って手をつないで、街にアイスを食べに行ったぐらいだ。しかも途中から、なぜその子を好きだったのか、自分でもわからなくなった。

変に真面目な俺はそれを素直に彼女に言い、「大嫌い！」と泣かせてしまった。

……まぁ、当たり前の反応だ。

それからもそれなりに告白をしたりされたり、気づいたら付き合ってたり。人並みにたぶんいろいろあった。基本的に真面目に付き合ってきたつもり。

それでも今。

俺はもう一度、初恋を経験しているような気がするんだ。

第三章　海の色　ocean blue

「着いたよ」

夏海に声をかけた時には、もう正午を過ぎていた。

夏海はいつの間にか起きていたようで、すぐに「ありがとう」と反応を見せた。

車を止めてエンジンを切り、外に降りる。夏休みも後半に差し掛かっていることもあって、思ったよりも人はいなかった。

「お腹空いたな」

車を停めた堤防沿いを歩きながら、まばらに人が見える浜辺をのぞき込んで、夏海が言った。実は俺も、結構前から空腹感を覚えていた。

「そうだな。海の家に入ろう」

「海の家？」

「うん。イカ焼きが美味しいらしいよ」

毎度のことながら、ばっちりリサーチ済み。

夏海が振り向くと、ふわっと白いワンピースのすそが揺れた。

「じゃ、イカ焼きを食べたいな」と小さく笑ったその顔が太陽よりも眩しくて。

誰が見てもわかることだけど、この海はあんまりきれいじゃない。文明とか人間の欲望とかにすっかり汚されてしまった海は、青色というよりはよどんだ緑色をしている。おかげで夏休みだというのに、泳ぐ人はもちろんいなかった。

「こんな海じゃなくてプールに行くよな、泳ぎたかったら」

俺たちは海の家のデッキに出た。

買ったイカ焼きの皿を夏海に向けると、夏海は「そうだね」とちょっと笑ってからイカ焼きの串を手に取った。

アツアツのでき立てをほお張ると、舌を火傷しそうになったものの、すごくジューシーで美味しかった。さすが評判がいいだけはある。……まぁ、めったに食べるものじゃないから美味しく感じるだけかもしれないけど。

「美味しいね」

彼女もそう言って顔をほころばせていたから、それで良しとする。

俺はその横顔を見てちょっと微笑むと、もう一度海に目を向けた。

……もう少し、きれいかと思ってた。ちょっとがっかり。

「海はもう、だめだね。日本の海は」

海のきれいさを調べることまでは、さすがに頭がいかなかった。「それなりにきれいだろう」と勝手に思っていた。海＝青色って。

沖縄とかならともかく、日本にきれいな海はもうあまり残っていないのかもしれない。環境汚染とかは聞いていたけど、実際に目にすると身に染みた。やっぱりグアムとかハワイに行かなきゃだめなのか。

「すべての海が〝青色〟なわけじゃないよ」

本当に美味しかったらしい。あっという間にイカ焼きをたいらげた夏海が、串をくるくると回しながらデッキの柵にほおづえをついた。

彼女の瞳が太陽の光を受けてきらきらしていた。ちょっと遠くを見つめる、いつものあの目。

「でも私は好きよ。少しよどんだ〝あお〟も」

夏海はそう言うと、もう一度口を動かした。

「あお」と。

「松井くんは〝あお〟っていう字をいくつ知ってる？」

ふいにそう聞かれて、あわてて頭を回転させた。

……あお？　そりゃもちろん、「青」。あともうひとつ、友達の名前の漢字に入ってた「蒼」。そのふたつしか知らない。

「普通によく使う青と、くさかんむりに倉の蒼」

そう答えると、夏海は「他には知らない？」と首を傾げた。

他には……いや、残念ながら思い浮かばない。

小さく首を振った俺に、夏海は「そっか」と微笑んだ。そして、ちょっと柵から身を乗り出すようにして言った。

「浜辺に行ってみない？　日本にもきれいな海はあるよ」

珍しく、今日の彼女はよくしゃべった。

それはうれしくもあり、俺を何だかもっと緊張させたりもする。

その細い肩にも白い手にも触れてみたいけど、触れたら壊れてしまうような気がして、彼女の薄いピンクのサンダルが、砂の上に足跡を残してゆくのを何となく見ていた。もちろん、会話は続けたまま。

「見たことあるの？」

「うん。私の名前の由来だもの。何年も前に引っ越しちゃったけど」

……あ、そうか。夏の海。

足を止めて彼女を見つめると、くすぐったそうに笑った。

「間違った。きれいじゃないかも。私が、その色が好きなだけで」

そして、顔をちょっと上げて空を仰いだ。

潮風になびくダークブラウンの髪が柔らかそうだった。

夏海はきれいだ。とても、きれいな人だ。

「夏海は青って感じ」

思わずそう言うと、首を傾げるようにして聞き返してきた。

「あお？」

「深みのある青」

「それって」

ふいに夏海はしゃがみ込んだ。つられて俺もしゃがみ込むと、彼女は落ちていた小さな木の枝を手に取った。そして、砂の上にそれを立てる。砂をかき分けるようにして字を書いた。

初めは、何を書いたのかわからなかった。だけど知っている漢字だった。

──〝碧〟。

「……あお？」

自然にそう読むと、「うん」とうなずいた夏海と肩が触れ合った。

しゃがみ込んだら距離はすごく近くなっていた。肩を寄せ合うような体勢に心臓が高鳴る。

「碧眼の、碧。私が好きな〝あお〟」

「なるほど」

何だか切ない雰囲気の漂う漢字だな。そう思った。

なるほど、夏海のイメージに合っているかもしれなかった。

ふぅとため息をついた。……俺じゃなくて、彼女が。

「なんで私、こんな話をしてるんだろう？」

呆れたように小さく笑って首を振った。疲れたような表情だった。

……だから夏は嫌いなんだ。

そう付け足すように呟いた彼女に、「なんで？」と聞いてみた。答えてくれるとは思っていなかったけど。

「一番嫌いな自分を思い出すから」

きっぱりと響いたその声に、ちょっとばかり驚いた。

俺が全然知らない彼女が、そこにいた。……いや、ホントは傷つくのが怖くて、知ろうとしなかっただけなんだ。

「……私ね」

「うん」

「ものすごく、後悔してることがある」

潮風の匂い。まどろみそうな昼下がり。

周りにいる人々も、太陽を受けて眩しく光る海も、目に入らなかった。

夏海は砂をいじりながら、言葉を続けた。

「大好きだった人がいた」

ためらうように発したその言葉に、ココロが折れる音がした。乾いた音だった。

――気づいてないふりしてた。ただ、気づきたくなかっただけ。

何も努力できなかったんだから、失恋して当たり前じゃないか。

言葉が出ない俺をよそに、彼女は細い指先を砂の上にすうっとすべらせた。

白い指の先に砂がまとわりついた。そしてパラパラと落ちてゆく。

彼女が軽く手を叩いて砂を払った。さらっとしたしぐさだった。

いつものことながら、夏海の目は俺のことなんて見ていない。

こんなにココロが重たくて、痛くて、悲鳴を上げるように揺れるのを、今までに感じたことがなかった。

「……自分のおろかさで失った恋なのに、今でもその人を愛してる」

そんな自分を思い出すから夏は大嫌いよ。

夏海はそう言うと、広げた手で〝碧〟の文字をざっと消した。

白い手のひらに付いた砂を、もう一度払う。そして、「なんてね」と俺に笑ってみせた。

「要するに夏に失恋したの。それをいつまでも引きずってるヘタレなの」

――失恋。

無理やりまとめたようなそんな言葉を発して、彼女は立ち上がった。

そして海の方に向かって近づいていくと、少しだけ海水に足をつけた。サンダルは履いたまま。

思っていたよりも細い。思っていたよりも小さい。そんな後ろ姿。

夏を何回過ごしても、どれだけ俺が君を見つめても、きっと無駄なんだろうな。考えたくないのに考えてしまう。

「幸せは、ホントに続くのかなぁ」

うーんと伸びをしながら夏海が言った。わざとらしいぐらいに明るい口調で。

――もう何が幸せかもわかんないよ。

小さい女の子たち三人が、無邪気な声を上げて砂浜を駆けていく。

夏海はそれを振り向くとちょっと微笑んだ。

――恋愛というのは、なんでこんなに難しいんだろうか。

第四章　決意　my way

「えー？　失恋したぁ!?」

「……ちょっと、声が大きい」

思わず辺りを見回しながらそうたしなめて、首をすくめた。

俺に説教するような口調で話してくるのは、同い年でバイト仲間の優子ちゃん。夏海ともたぶん一番仲がいい。

俺が夏海を好きなことを唯一知っていて、何でも話せる仲間だった。

少しキツめの大きな瞳とストレートの黒髪、ありえないぐらいにきゅっと引き締まったモデルスタイルの美少女。見た目通りにサバサバした性格が気に入っている。

彼女はとても話しやすい。来春に結婚するという証の、左の薬指にきらりと光るシルバーリングが眩しい。

「失恋というか、俺が一方的に心の中で終わらせちゃった感じ。それ以上はあんまり聞けなかった……というか、聞きたくなかった」

ちょっと反省の意を込めながらそう言うと、優子ちゃんはやれやれとほおづえをついた。

バイト先の近くにある、某ファーストフード店。一番奥の窓際という落ち着いたふたり席を陣取って、会話をしていた。

バニラシェイクのストローに口をつけながら「それで」と優子ちゃんは大きな目を上げた。

「どうするの？」

「どうって…」

「このままじゃどうにもならないじゃない。というか、完全に終了じゃない」

わかってはいるけれど、言葉にされるのはキツい。

優子ちゃんは俺のココロに、うまいこと爆弾を落としていく。

「帰りは？　気まずい雰囲気のまま帰ってきたの？」

「……うん。まぁ」

呆れた目を向けてそう聞かれると、苦い味が胸の中に広がった。

お互いに何を言うわけでもなく、相変わらず夏海は眠っているのか起きているのかわからない具合に、顔を窓へ向けたままだった。

あんなに長い帰り道は初めてだった。いつもは、夏海が隣にいる時だけ、時間が数倍速で流れていくような気がしていたから。

『今日はなんだかごめんね。いろいろ話を聞いてくれて、ありがとう。じゃあね』

帰りにそう小さく微笑んで、車を降りる彼女を見送るしかできなかった。

「でも、不思議だなぁ」

「え……？」

「夏海のそんな話、今まで聞いたことない。一番仲がいいつもりだったのに」

優子ちゃんは、ほおづえをついたまま首を傾げるようにして言った。

……確かに。大学四年で出会った春から今年の夏まで、夏海の恋の話というものを、本人からはもちろん、優子ちゃんからも聞かされたことがなかった。

夏海の横顔を思い返しながら、俺は「…そうだな」と呟く。

「たまりにたまってた想いが、溢れちゃったんだよ。きっと。本当に大きな気持ちだったんだ」

自分でそう言いながら、胸が痛かった。

店内にかかっていたカレンダーに目をやると、もう今月末にはバイトを辞めるという事実が思い出された。

でもまぁ、かえって、そのほうが良かったかもしれない。

——あの日から、ちょうど一週間。

互いにシフトがうまくかみ合わなくて、夏海とはほとんど顔を合わせていなかった。

全部、ちょうど良かった。

「辞める日までには会うだろうけどさ、もう会わなくてもいいとさえ思っちゃう」

「……なんで？」

「諦めがつかない」

「諦めるの？」

ぽんぽんとした口調で、優子ちゃんは俺をとがめるような目で見た。

逃げ腰なのが明らかに見透かされていて、思わず口をつぐんだ。

――諦めるの？

なぜか弁解するような口振りになる。

「仕方なくない？　夏海がその人を好きなんだからさ」

「過去の恋でしょ」

優子ちゃんはシェイクをぐっと飲み干すと、空になったコップを軽く振った。

「毎回背中を押してるのに、いつもそうなんだから。松井くんは」

そんなの、言われなくても俺自身が一番よくわかっている。

いつもそうだ。肝心なところで、ヘタレなんだ。

「告白しないで、さよならする気なの？」

「……告白、か」

「当たって砕ける勢いで。バイト辞めたらもう、それこそ会えなくなるよ」

会おうと思わなきゃ会えなくなる。その横顔を自然に見ることすらできなくなる。

優子ちゃんに言われなくたって、全部自分でわかっているはずなのに。

なんでだろう、モヤモヤする。

何かが胸にひっかかってるみたいに、モヤモヤする。

「大人になっても恋愛は難しいね」

俺の気持ちをうまく代弁してくれたような言葉を、優子ちゃんが口にした。

顔を上げると目が合って、俺は思わず苦笑する。

優子ちゃんの口角がきゅっと上がって、困ったような可愛い笑顔になった。

「……そうなんですよ、ね」

そうなんですよ。

中学生や高校生の時には、恋愛でうまくいかないことがあるのは当たり前だと思っていた。まだ子供だから、結婚なんて考えてやいないし、ちょっと先の未来のことすら考えようとしない。今が楽しければいいやって。

大人になれば全部がうまくいく。勝手にそんなことを思っていた。

——愛してる、とか、簡単に言えるだろうと思っていた。

でも大人だからこそ、考えすぎてしまうこともある。

「ただでさえ松井くんは、いろいろ考えすぎちゃう人だから」

さすがによくわかってる。

優子ちゃんの言葉にうなずいて、俺は「そうなんだよなぁ」と自嘲気味に笑った。

そして放置していたコーラに口をつけた。炭酸が抜けていて、全然美味しくない。

その味に顔をしかめたまま、続けた。

「治す薬があれば治したいよ。俺はどうしてこんなに面倒くさい性格なんだか」

「確かに見ててじれったいし、面倒くさい」

言われ慣れているとはいえ、グサリと突き刺さる何かを感じた。

打ちのめされている俺に、優子ちゃんはくすくすと笑いながら付け足した。

「それでも、あの子は〝優しい〟って言ってくれたんでしょう？」

そして再び目が合った。

俺も優子ちゃんの真似をして、ほおづえをついた。……ため息、ひとつ。

「そうなんだよな」

彼女はどうしようもない俺を、きれいなものへと変換してくれる。無理してる感じじゃなくて、自然にさらっと。だから、うっかりポジティブになっちゃうんだ。自分で思うよりも、自分は悪くないのかもしれない、と。

「夏海ってミステリアスなんだよね。今までも彼氏の影みたいなのは何回かちらついていたんだけど、あんまり執着してないというか。たぶんほとんど続いてない」

「あ、うん。わかる気がする」

「だから、その忘れられない人っていうのは、ここ最近の人じゃないと思う」

夏海の雰囲気からして、それはわかる。

特に何を言うわけでもないけど、ココロの一番奥深いところに、一番大切なものをしまい込んでいる。

「……それにしても、私には教えてくれたっていいのに」

優子ちゃんはそこが不満らしく、軽くほおをふくらませていた。

「ふたりとも、そこが似てるよね。肝心なことを言わないとこ」

「そう、かな？」

「言わなくても伝わると思ってるなら、それは間違いよ」

きっぱりとした口調で言ってから、優子ちゃんは腕時計に目をやった。……もう二時間も経ってたんだ。そう小さく呟いて。

そしてちょっと挑戦的な目を上げた。

「私、あと三十分後にデートなんですけど」

「あっ、はい」

「で？　どうするの」

「とりあえず、今度会った時に考え……あ」

着信音が鳴ったスマホをカバンから取り出すと、ディスプレイに「父」の文字。店を出てからゆっくりかけ直すことにする。

「父親から電話来てた。とりあえず出よっか。付き合ってくれてどうも」

「プロポーズしちゃいなよ」

唐突な優子ちゃんの言葉に、俺は思わず「は？」と間抜けな声を上げた。

……急に何を言い出すんだ、この子は。

「はい？」

「プロポーズしちゃいなよ。いい歳なんだし」

「いや、聞こえたけどさ。突然すぎでしょ」

俺はほおをかいて、苦笑いした。歳の問題じゃないと思う。

「そうかなぁ」

だけど優子ちゃんはのんきな声でそう言って、うーんと伸びをした。

俺が会計を済ませている間にも、彼女は腕を組んだままそんなことを言い続けていた。「一世一代の告白のつもりでプロポーズしちゃいなよ」「ちょうどいい年齢じゃない」とか。

……プロポーズって。直球だとか以前に、全然段階を踏んでない行動じゃないか。

「それじゃまた」

物足りなさそうな顔をした優子ちゃんに手を振る。細い裏通りを歩きながら、父親に電話をかけなおす。

「もしもし」

コール音が三回鳴った後、微妙な間があってから、久しぶりに聞く声がした。

『圭一か？』

「うん、ごめん。電話取れなくてさ」

そう言いながら、久々に聞いたとはいえ、父さんの声が暗いことに気づいた。

「何？　何かあった？」

『あー……実はな、お前も忙しいだろうし余計な心配をかけるなと母さんには言われてるんだが』

「うん」

『母さんが入院することになったんだよ』

のんきに歩きながら聞いていたけれど、思わず足を止めた。

「……は!?　いきなり？　なんで？」

『突然倒れたんだ。いつもの持病で体調崩しただけだから心配はないようだが』

母さんは昔から体が弱くて、よく入院する。それでも……。

——もう歳だからなぁ。

無意識に、スマホを握る力を強めていた。

「そっか」

『それでだな、無理にとは言わないが……』

「うん、そうだよな。わかってるよ」

就職先は都心で、今ひとり暮らしをしている所よりも、もっと実家から遠くなる。引っ越し自体は荷物が少ないからすぐに終わるけど、今月末いっぱいでさらに実家には帰れない状態になる。

「見舞いがてら、そっちに帰るよ」

『バイトとかは大丈夫なのか？　忙しいなら無理しなくてもいいんだぞ』

「どうせ今月で終わりだし。聞いてみて、また連絡入れる」

大学院にまで行かせてもらったんだし。

就職すればお金が入るという形で親孝行ができるとはいえ、今は〝顔を見せる〟ことが最大の親孝行のような気がした。

じゃ、父さんも体に気をつけて。そう付け加えると電話を切った。

頭の中でいろいろと考えると、思わずため息が出る。

……どんなに考えたって、結局そんなに選択肢はない。

夏海の顔が浮かんで、またため息が出た。

同じところを行ったり来たり、波の上で揺れているみたいだ。恋愛に関してはホント、とことん大人になれないのはなぜなんだろう。むしろ昔に比べて退化している気がする。

大人になるにつれて大切なものが増えていって、視野が広がった分だけ、失うことが怖くなった。

誰かに夢中になって誰かの色に染まる。それが怖くなった。きっと。

「……もしもし。松井です」

そして、俺はもう一本電話をかけた。

第五章　一期一会　Natsumi

～Natsumi SIDE～

「ねぇ、あなたは今、誰を憎んでる？」

そう聞かれたらきっと私は「自分」だと答えるだろう。憎んでも果てがないくらい、私は自分が嫌い。

「今、愛してるのは誰？」

そう聞かれたら、きっと、すぐには答えられない。

あれからずいぶんと、時間が経ってしまったような気がした。


「おはようございます」

「おはよー、ナツ」

「よっす」

笑顔で職場に飛び込めば、テンポ良く返ってくるあいさつ。いつもそれで、少しだけ心が和らぐ。

夏も、もう終わる。大学生になると夏休みが長すぎて、高校時代までほどのワクワク感はないと皆が言うけれど、私は夏の終わりが嫌いだから、カレンダーを見ると何となくしんみりとした気持ちになる。

「おはよ、夏海」

服を着替え終わった時、優子がスタッフルームに入ってきて笑顔を向けた。

「おはよう」

「夏海、今日はバイトの後、何もない？」

「ないけど……」

優子の顔が妙にうれしそうに弾けていて、つられて小さく笑いながら首をひねった。

何だろ？

優子はクールそうに見えて、実は感情を隠すのが下手だから、とてもわかりやすい。

「何？　うれしそうな顔しちゃって」

「いいレストラン見つけたから、食べに行こうよ」

「あ、行きたい行きたい」

スタッフルームに、続々と人が入ってくる。

最後に店長が入ってきたらミーティングが始まる。

優子が私の肩に軽く手を置きながら、続けた。

「でね、そのお店、松井くんが見つけてくれたところだから松井くんも誘おうと思うんだけど」

「あ……そうなんだ」

松井くん。その名前が出る時だけ、私は珍しく動揺する。

久々のような、初めてのようなこの感覚。彼と出会っていつの間にか覚えたもの。

でも、今回はいつものと違った。少しの不安と、罪悪感。時間を巻き戻したいと思う気持ち。

不安な衝動に駆られて、私はスタッフルームに入ってきたメンバーを軽く見回した。

……松井くんはまだ来ていない。良かった、とさえ思った。

「松井くんの選ぶ店には絶対ハズレがない、でしょ」

ね？　と笑った優子に、私は照れ隠しなのかよくわからない反応をしてしまった。

「なんで私に聞くのよ」

「えー、だって夏海がいつも言ってたじゃない。聞いてもいないのに」

優子は意地悪だ。だけど彼女はきっと、知っている。彼の話題になるといつも私の心が揺れること。私らしくないことばかり言ってしまうこと。

知っていて、揺さぶってくる。わかっていても、私は抗《あらが》えない。

「そうだっけ？」

「夏海は自分が思っている以上に、松井くんの話を私にしていることを、自覚すべきだよ」

「してないよ」

「してるよ」

口をとがらせながらそんなやり取りをしていると、ちょうど店長が入ってきてドアを閉めた。あわてておしゃべりをやめて、背筋をぴんと伸ばす。

「んじゃ、ミーティングね。おはようございます」

「おはようございます」

全員で声を合わせてあいさつした時、私は松井くんがまだ来ていないことに首を傾げた。もう一度メンバー全員を見回してみても、やっぱり彼はいない。

彼が遅刻するという考えは私の中にはなかったから、風邪かなと思った。

ものすごく気になる。いつも朝のミーティングで彼の顔を見ると、一日がちゃんと始められるような、きれいに生きられるような……勝手にそんな気がしていたから。

店長に松井くんのことを聞きたかったけど、手を上げて聞くまでの勇気はない。

優子と目が合うと、彼女も軽く首を傾げていた。どうやら同じことを考えているようだった。

「まずは大事な報告があるから」

開口一番に、店長が少し困った顔で笑った。

全員が自分に視線を向けたのを確認してから、店長は言葉を続ける。

「本人がちゃんとあいさつをしたがってたんだが、いろいろ都合がつかなくてね」

え……？

「まっちゃんが、昨日をもって辞めることになった。急なんだけど、お母さんの体の具合が悪いらしくてな。今月末まではここにいる予定だったんだが、来月から就職関係で忙しくなる前に、ご両親との時間を大切にしたいとのことだ」

店長がそう説明した。

ココロが、ざわざわした。あの夏以来、こんなにも苦しくなったのは初めてだ。すぐ隣の優子の視線を感じたけれど、凍りついたように身動きができなかった。

「まっちゃんも大変だなー」

「最後にちゃんと会いたかったよな。入った時から一緒だったし」

皆は残念そうにしながらも、まぁバイトだしそういう事情も仕方ないよねと割り切った表情をしている。

……そうなんだ。それがバイト仲間の自然な反応なんだ。

だけど私は、目の前が真っ暗になるような気がした。いつかの感覚と同じだった。

『アンタの、幼なじみの、桂川碧くんって覚えてる?』

『結婚するんだって』


「……ナツ?」

店長に目の前で手を振られて、はっとした。スタッフルームを出ていく皆とは違って、私は突っ立ったままだった。

優子も店長に「私も行きますね」と声をかけて調理場に向かった。残ったのは私と店長だけだった。

「ナツ、だいじょぶか? 体調悪いなら、休んでてもいいんだぞ」

「だ、大丈夫です! すみません」

「まっちゃんは」

店長がさらっとその名前を出したからびっくりして、というよりは緊張して思わず肩が上がった。でも店長は、穏やかな表情だった。

「ナツに会いたがってたよ」

「あ……」

「おととい? かな。シフト入ってたけど、ナツは法事か何かで休みだったからさ」

そうだ。おとといは休んでしまった。てっきり、今日は会えると思っていたから。

まさかあの日が最後だなんて、思わなかったから。

……なんて、言い訳を重ねたって仕方ないんだけど。

自分でも無意識のうちに、ため息をついていた。

なんで私はいつも、後悔ばかりしてるんだろう。

会えなくなる理由なんていくらでもある。今日会えている人が明日にも会えるかなんて、わからない。身をもって知ったはずなのに。

「皆がよく言うんだ」

「え……？」

「ナツは、自分のことを話さないって」

その言葉に私は顔を上げた。店長は相変わらず穏やかな表情のままだ。

店長は椅子に腰を下ろすと、「一年前かな」と首を小さく傾げながら言った。

「『知り合いの結婚式があるから』って、ナツが休みを取った時があったな」

……よく覚えてるな。

感心するというよりは多少驚きながら、私は小さくうなずいた。

そう。あの数日間は、私を大きく変えた。

「あれからかな。ナツが少し変わったなって思ったのは」

意外な言葉に、思わずまばたきした。

「私、そんなに変わりました?」

「いや。変わったというか……」

店長は小さく笑いながら、休憩の時に皆がつまむお菓子の缶からひとつ取り出して私にくれた。キャンディ型に包まれた、小さなチョコレート。

「何かを乗り越えようとしているのはわかった。あ、きっとこの子、今、自分と戦ってもがいてるなって」

自分をずっと憎んでたから、確かにずっと、もがいてた。

私はチョコを口に含んだ。もどかしいような甘さが口の中に広がった。

それで、口がゆるんだのかもしれない。ぽつりと言葉をつむいでいた。

「あの知り合いというのは、実は私の初恋の人でした」

「なるほどね」

「夏は嫌いです。一期一会って言葉も嫌いだし、運命なんて言葉も嫌い」

――私はきっと、幸せをつかむのが苦手な人間。

「正直……わからないんです。あの人の色に染まってしまった私は、どうやって他の色を取り入れていけばいいのか、あの日からずっと考えてるのにわからないんです」

息がしづらくなって、手で顔を覆った。呼吸することがこんなにも難しかった。

碧。

あおい。

あの海の、碧。

それに染まってしまった私は、もう本当の自分がどんな色をしていたのか、思い出せないんだ。

第六章　君の記憶　remember heart

バイトを辞めてから、数週間が経った。

しばらく実家に滞在していたけれど、思いのほか母さんは元気そうだった。というよりも、俺の顔を見て元気になってくれたことが良かったなと思う。

そして夏休みが完全に終わって学校がまた始まった。院の研究室に通いながら論文を仕上げつつ、就職先の研修や課題にも追われる日々。

バイト先のあの店は、そんなに遠くない。それでも、行こうと思わなければ通らないような場所にある。だから永遠にさよならしてしまったような感覚が、急にココロにぽっかりと大きな穴を開けた。

会おうと思わなければ会わない。一生懸命頑張らなければ、約束のひとつもできない。やっぱりそういう関係だったのか、と少しむなしくなった。

思っていた以上に片想いだったことに、気づかされたようだった。

だけどひとつだけ、俺を柔らかく揺り動かすような、面白い出会いがあった。

「人間はよくできてるんですよね」

同じ大学の一年生たち。つまり大学院二年の俺からしたら、五つも年下になる。

運動不足は嫌だからと思って、所属していたスポーツサークルで出会った後輩たちが、俺の研究室に遊びに来ていた。

そのうちのひとりを、俺は特に気に入っていた。

頭いいな。そう思ったのは間違いじゃなくて、彼は医学部生だった。

彼とたまたまふたりきりになったときの話だ。

「人間の脳はちゃんと要る情報、要らない情報を分けているらしいんですよ。やっぱり脳にも容量ってものがあって、必要なものは記憶として保存されて、必要じゃないものは忘却という形で廃棄される」

穏やかな雰囲気で、誠実なしゃべり方をする奴だった。長身で顔もいい。たぶんモテるんだろうな、と男の俺でも思う。そのうえ、スポーツサークルに所属するだけあって、それなりに鍛えられた体をしていた。名前は、拓巳《たくみ》といった。

「忘れたくないことでも俺は忘れちゃうけどな。大事な数式とか」

そう笑って返すと、相手も「確かにそうですよね」と笑った。

「だから脳が必要だって、判断するまで繰り返し覚えないといけないんですよ。〝重要だ〟って脳にインプットしないと」

「なるほどね」

「でも、脳が情報の本当の必要性を判断して記憶を作るというのは、俺は個人的に好きですね」

俺が首を傾げると、拓巳は少しだけ照れくさそうな表情になった。

「忘れたいなと思うこととか、人とか、時間とかって、やっぱりあるじゃないですか」

「確かにあるな」

「それを脳が絶対に忘れてくれなくて、記憶に残ってることって、ある意味では温かいことに思えるから」

じっくり意味をかみしめる。理解するのにそう時間はかからなかった。

……なるほどなぁ。

「忘れないってことは、それが必要だってことを自分がちゃんとわかってるからなんでしょうね」

拓巳の言う通りかもしれなかった。人生は積み重なってできてるから。

だから、そう思ってないと退化していきそうで怖い。

「忘れたいけど忘れられないような記憶って、ある？」

そう聞いてみると、拓巳は「えっ」と小さく声を漏らして、苦笑いした。

そりゃいっぱいありますよ、と。

「でもやっぱり、全部忘れたくなんかないですね。今の自分をつくり上げてくれたものだから」

しばらくはそんな話をしたり、ジュースを飲んだりした。

拓巳と別れて研究室を出た後に、いったんアパートに戻った。教授に頼まれた資料を他大学に取りに行かなきゃならない。

久しぶりに運転して行こうと思って、自分の車に乗り込んだ。ふと、オーディオに目が留まる。

「……あ」

入れっぱなしのスピッツのＣＤ。

帰省した時はバスを使ったから、車に乗るのはそういえば夏海を乗せた日以来だったことを思い出す。

エンジンをかけた後、何となく再生ボタンを押した。

音楽が何もないのは寂しいし。そう思って、前奏を聴きながらハンドルを握った。

でもアクセルを踏もうとして、足が止まる。

流れ出したのは、あの日、夏海に勧めた曲だった。

『松井くんの、一番のお勧めの曲を教えてよ』

そう笑ってくれたことを思い出すと、単純にうれしくなる。

ひとりで小さく苦笑いしながら、上半身を軽くハンドルにもたせかけた。腕を組んで、顔を右向きに伏せた。

……やば。

俺って、やっぱりみっともない。恋愛してる自分ってきっと、端から見たらすごくみっともない。

空席状態の助手席と運転席の間のスペースに置かれた、空き缶を見た。

後部座席のひじ掛けに置いてある酔い止め。トランクの中で揺れている〝非常時〟の、要らない荷物。気が利くんだか、馬鹿みたいに慎重なんだか心配性なんだか。

車ひとつ取っても、俺の性格がよく表れている空間だった。

でも、彼女は「優しいね」と笑ってくれたな。

それを思い出すのは辛いけど、思い出してしまう。

『必要だってわかってるから忘れない』

拓巳とした話が胸をよぎって、どうしたらいいのかがわからなくなった。

夏が嫌いになるほどに、他の誰かを愛した彼女。

どうしたらいいっていうのか。俺の入る隙間なんてどこにもないじゃないか。

そう言いたい。だから、もう忘れようとしてるんだと。

唇をかんだ時、すぐ横の窓を叩く乾いた音がして、あわてて上半身を起こした。

なじみの郵便配達のお兄さんだった。ボタンを押して窓を開けると「あ、すいませんねー」と爽やかな笑顔を向けてきた。

「松井さんですよね」

「どうも。いつもお疲れ様です」

「いえ、たまたま出ていくのが見えたもので。配達物です」

人懐っこいけどどこか業務っぽい笑顔で、郵便物を三通渡された。

二通は請求書のハガキ。そしてもう一通は、ベージュの封筒だった。

「それではー」

やっぱり業務っぽい感じで会釈すると、俺と同い年ぐらいだと思われるそのお兄さんはバイクで去っていった。

その後ろ姿を見送ってから、封筒の裏をさり気なく見た。

そして、一瞬息を止めた。

〝松井くんへ〟……細くてきれいな字。彼女の、字だった。

差出人は住所はおろか、名前さえ書かれていなかった。それでも、わからないわけがなかった。夏海だ。

メールも電話もあるのに、手紙？

素直にうれしいと思うよりも、驚きが圧倒的だった。次に緊張がやって来る。

……なんだろう？　彼女が俺に伝えたいことって。

キーを回して、エンジンを止めた。アクセルにかけていた足を元の位置に戻して、窓を閉めた。

流れていたメロディーも止まって、自分の心臓の音が聞こえる。

狭い空間の中、封筒を破く小さな音だけが響いた。

ざらざらとした質の便せんが、二枚。

ハンドルにひじをついたまま、俺は手紙を開いた。

第七章　愛のことば　love letter

＊

松井くんへ

お疲れ様です。
お母様の具合は大丈夫ですか？
松井くん自身も無理していませんか？
メールも電話もあるのに、今どき手紙かと思うかもしれません。
現に私も、手紙を書くのは久々で緊張しています。
字がちょっと震えてるのがわかる？
読みにくかったら、ごめんなさい。
でも私は実は、手紙をもらうのも、書くのも好きなんです。
不器用な私が、一番気持ちを上手に伝えられる方法のような気がするのです。
とはいえ、文章力は皆無に等しいから。

松井くんが気が向いたところまで読んでくれれば幸いです。

夏はもう終わっちゃいましたね。

でもまだ秋でもなくて、ほんの少し夏の余韻《よいん》が残っている今のうちに、伝えたいことがあって。

手紙を書こうと思ったのは、こんなことを言ったら呆れられてしまうかもしれませんが、松井くんがいなくなって、どうしようもなく寂しい自分に気づいてしまったからです。

子供みたい。

だけど、この感情をどうしたらいいのかわからない。

何より一番怖いのは、以前もこの感覚を経験したから。そのときの私は諦めてしまって、手をつかむことができませんでした。あと少し伸ばせばつかめたかもしれないのに。だからせめて今、その手に一瞬でも触れようと、必死にもがいているんだと思います。

松井くんにしてみたら、迷惑な話ですよね。

松井くんがバイトを辞めたと知った直後、私は店長と少し話をしました。

そして言われちゃいました。

「ナツは自分のことをあまり話さない」と。

実は何度も、うんざりするぐらいに、周りに言われてきた台詞なのです。

自分のことをあまり話さない。秘密が多い。

でも、違うとは言えない。

確かにそうなんだと思います。私は自分のことを話すのが苦手です。

話すことによって、また思い出がよみがえったりするのは嫌いです。

思い出は思い出のまま、取っておくほうが好きだから。

触ったり、人に話したりすると、汚れてしまう気がするから。

それぐらい深く染みついた記憶だから、ずっと自分の中にしまい込んできました。

でも時々、記憶に呪縛《じゅばく》されているような気がしていました。

もう私は、この思い出から逃れられないような。染まったこの色を一生落とせないような。そんな気がして、苦しいと思う時もありました。

それを初めて、話したい、聞いてほしいと思えたのが、松井くんでした。

わがままですよね。

すごく、身勝手。

だけど話したくて仕方なかった。

それはきっと、私にとって松井くんの存在が特別だからでしょう。

そう気づいたのは、そんなに最近じゃない。

きっと少しずつ、育っていた想いです。

薄っぺらな言葉かもしれないけれど、精一杯の本音です。

あなたに出会えて初めて、夏が終わってほしくないと思いました。


以前、松井くんに聞かれて答えたよね。

そう。私は、夏が嫌い。

夏が来ると嫌いな自分を思い出すから、と。

でも松井くんに「今年の夏は好きになろう」と言ってもらって。

あの夏以来、初めての海に行って。

私は私なりに考えました。嫌いな自分って何だろう。自分って何だろう。

悔しいけれど、認めたくないけれど、私を創ってきたものがあります。

人を創っていくのは人だと、本気で思う時があります。

以前に話した、あの人を私が愛してたことは、どんなに切なくても切り離すことのできない事実です。

それでも今、私は松井くんと一緒にいたいなと願ってしまうのです。

おかしいかもしれないけど。

一期一会という言葉が怖いと言うけど、そう言っているそばから、今まさに目の前で通り過ぎていく出会いがある。怖がってる場合じゃない。

そう店長に言われたことは、きっと正しいと思うのです。

＊

便せんの二枚目をめくる手を止めてから、俺は車のキーを回した。

エンジンがかかった。再び曲が流れ始める。

胸が痛いぐらい優しいメロディー。まぶたが熱くなるぐらい優しい声。

手紙を助手席に置いて、アクセルを踏み込んだ。

……どこに行くっていうんだ。やたら慎重で空回りな俺は、ちゃんと行き先を決めないで走るなんて、したことがないのに。

だけど確かに、夏海の声が聞こえた。

『すべての海が〝青色〟なわけじゃないよ』

そうなんだ。俺はきっと、何か大きな勘違いをしていた。

『でも私は好きよ。少しよどんだ〝あお〟も』

車をひたすらに走らせて、夏海の家に向かった。

家にいる保証はない。何もないけど。

何も考えずにただひたすら向かう、なんて初めての行動だった。

フロントガラスに水滴がいくつか落ちた。夏の終わりの雨だ。

――夏海の色が誰の色だとしても、それはやっぱり、夏海の色なんだ。

ハンドルを右に切った瞬間、スマホが着信音を鳴らした。

住宅街だったのもあって、一度車を止めて電話を取る。

「……もしもし？」

鼻声をごまかすように、抑えた低い声で話したけれど。電話の相手はすぐに気づいたようだった。

『泣いてるの？』

「泣いてない。ちょっと、いろんなことに気づいただけだ」

『協力するのはこれで最後だからね。慎重すぎていつも背中を押してあげなきゃ動けない、松井くん』

優子ちゃんは、さっぱりした口調で言った。その曇りのない声が、心地良かった。

『今、レストランにいるの。あ、バイト先じゃなくてね。いつか松井くんが勧めてくれたあのお店』

「……あ」

『雨降ってきたから、迎えに来て。すぐにね』

プツッと電話が切れた。余計なことは何も言わない、彼女らしかった。

スマホを鞄にしまって、窓ガラスに軽く触れながら、俺は雨をこぼす曇り空を見上げた。たぶん通り雨だからすぐにやむ。でも足止めされている理由はなかった。

やっぱり、伝えたいことがある。

——君を愛してる。

このまま逃げ出したって、きっと死ぬまで、ココロは君を覚えてる。

その存在は、必要な記憶だから。

いろんな色が織り合わさって、たとえきれいだろうと、きれいじゃなかろうと。

——俺は夏海の色を、好きになったんだ。

最終章　碧色の彼へ　after blue

大好きな曲を聴いていた。

幸せはやっぱり、途切れながらも続いていく。

そう思えるようになるまでには、少し時間はかかったけれど。

あったかい日射しがリビングに入ってきて、ふわっと目を閉じたくなる。

大好きな人と過ごす部屋はいつだって、とても温かくて居心地が良い。


「ほら、できたよ」

「わーいありがとう！」

やたらと甘いチョコの匂いが充満するキッチン。無邪気にはしゃぐ小さな頭を、ぽんぽんとなでた。

「でもママ、らっぴんぐしないと」

「ラッピング？　そんな言葉知ってるのね」

小さく笑いながら、やれやれとため息をついた。

子供っていうものは……知らない間に言葉を覚えて、知らない間に成長して、どんどん大人になっていく。

私はテーブルの端に置いていた、リボンの付いた可愛い袋を取った。

「じゃあこれに入れたら？」

「そうするー！」

「みさ、チョコ付いてる」

私はかがみ込んで視線を合わせると、可愛いほっぺに付いたチョコを指で拭った。

ふわふわの柔らかい髪。ふっくらとしたほお。

小さな手でほおをおされて、「明日はこうちゃんの誕生日だから、チョコあげるの！」なんて言い出した。こうちゃんというのは、どうやら同じ幼稚園に通う、好きな男の子のことらしい。

最近の幼稚園児は、ませている。手伝った、というよりはほとんど私が作ったチョコを、リボンの付いた袋に入れる彼女は、ホクホク顔をしている。

「いいね。初恋ってやつかぁ」

思わずそうつぶやくと、「はつこい？」と首をひねった。

「生まれて初めての恋ってことよ」

大きな目が、さらにキラキラと輝いた。

「はつこい、かぁ！」

「そうそう」

「じゃあ絶対に、がんばらなくちゃ」

急に意気込み始めたのが面白くて、思わず吹き出した。

……何を頑張る気なんだ、何を。

「ママにも、はつこい、あった？」

チョコまみれのボウルや、しゃもじを水につけて洗っていると、そんなことを聞かれた。水を止めて手を拭きながら、私は「そりゃもちろんね」と笑って答える。

「パパー？」

「ふふ。内緒」

「ちがうのー？」

不思議そうに、可愛く首を傾げる娘の方へ振り向いて、ちょっと微笑んだ。

――初恋は、絶対叶うというわけじゃない。

そんなことはまだみじんも知らない、純粋なココロ。

でも、今はもちろん、それでいい。それでいいから。

たくさんの人に出会って、たくさんの気持ちを知って、優しい大人になってくれたらいいな、と思う。

「パパに見せてくるー」

「部屋でお仕事中だからだめよ」

「いつも仕事してるー」

ほおをふくらませてそう言うみさに「仕方ないでしょ」と笑った。

あの人は、いつも慎重だから。週明けの会社でのプレゼンに向けて、資料の見直しをしているらしい。

あんまりお仕事しすぎると、今度は娘に嫌われちゃうけど。

そんなことを思いながら、手を拭き終えたタオルを横に置いた。

もう一度振り向くと、彼女はせっせとテーブルの上で何かを書いていた。

折り紙の裏に、色鉛筆の文字が見えた。

「見ちゃだめー」

「見せてよ」

「はずかしー」

みさはくすくす笑いながらも、紙を私に渡すと、パタパタと走っていった。

仕事中だって言ったのに、やっぱりパパの部屋に行くらしい。

「あー、こら」

そう言いながら、私はその紙に目をやる。
彼女の大好きなピンク色の色鉛筆で、大きな字が書かれていた。

おたんじょうびおめでとう
こうちゃんだいすき
はつこいです

……さっそく覚えたての言葉を使っちゃって。
笑って、紙をテーブルの上に戻した。飛ばないようにペンケースで押さえておく。
そしてゆっくりと、目を閉じる。

You are my love.
You are my eternal love.
初恋も大事だけど、
最後の恋のほうが、大事だと思うのです。

私がいつか彼にあてた手紙。
便せんの二枚目に書いた言葉だった。
それはきっと正しかったんだろう。
私は今、幸せ。……すごく、幸せ。
いつの間にか彼の色が、私の色になっていた。そしてみさが生まれてきてくれた。
全部、今につながっている。人生は積み重ねだって、実感できている毎日。
だから、幸せだなぁって思う。

――あなたを、永遠に愛してる。

初恋の君へ。
この気持ちは、今でも変わらない。
だけど、ごめんね。碧。
一番幸せになってほしいと願う相手が、あなた以外にふたりも増えてしまったんだ。
でも、それでいいよね。
だってきっと、あのクローバーに込めた願いは、叶っているでしょう？
またいつか会った時には、いろんな話をしよう。

懐かしくて楽しい時間になるだろうから。

そっと目を開けると、微笑んだ。
胸が温かくなっていた。
「ママー」
私を呼ぶ愛しい声がする。はいはいと笑いながら、声のする方へ駆け出していく。
爽やかな、柔らかい風が窓の隙間から入ってきた。
碧色のカーテンがふわっと揺れる。

――夏がもうすぐ始まろうとしていた。

碧色の君へ　the last summer blue　――――END

あとがき

「初めまして」の方も、「お久しぶりです」の方も、読んでくださってありがとうございます。

作者の朝霧繭《あさぎりまゆ》です。

大学時代に「大好きだった幼なじみが結婚してしまう」と涙する友人の相談に乗ったことがありました。好きな人との恋が叶わなかった経験、一度はあるんじゃないでしょうか。私自身も、もちろんあります。

すべての「叶わなかった恋」に対して、どうか幸せになってほしいという思いを込めて書いた物語でした。


最初にこの物語を書いた時は大学生でしたが、いま社会人になって改めて思うことは、人生は選択の繰り返しであるということです。

「あのとき、こうしていたら……」という後悔があったとしても、時間は戻らない。そして、たらればの未来は結局誰にもわかりません。何を選んだとしても、どこかで壁にぶち当たるときは来ます。

自分で選んだ道を正解にしていけるのは、やっぱり自分自身です。それを知っている人はどんな状況に置かれても、本当の幸せを見つけていくことができます。夏海や碧もそれに気づいたからこそ、それぞれの幸せをつかむことができたのだと思います。

「夏休み」は子供にとっても大人にとっても、特別な時間ですね。心のアルバムを開いて、懐かしく思い出す人もいるのではないでしょうか。もう会えないけれど大切な人、会いに行きたいと思う人。夏が終わるまでは、思い出に浸ることを許されてもいいんじゃないかな……と思ってしまいます。

人生にはそういう時間が必要だったりもしますから。夏海のように。

最後になりますが、書籍化にあたってご協力いただきました皆様。心より感謝申し上げます。ありがとうございました。

読んでくださった皆様の思い出に、少しでも色を残せていたら嬉しいです。

二〇一八年七月　　朝霧繭

この物語はフィクションです。実在の人物、団体等とは一切関係がありません。

朝霧 繭先生へのファンレターのあて先
〒104-0031　東京都中央区京橋1-3-1　八重洲口大栄ビル7F
スターツ出版(株) 書籍編集部 気付
朝霧 繭先生

切ない恋を、碧い海が見ていた。

2018年7月28日　初版第1刷発行

著　者　　朝霧 繭　©Mayu Asagiri 2018

発 行 人　　松島滋
デザイン　　カバー　徳重 甫＋ベイブリッジ・スタジオ
　　　　　　フォーマット　西村弘美
D T P　　株式会社エストール
発 行 所　　スターツ出版株式会社
　　　　　　〒104-0031
　　　　　　東京都中央区京橋1-3-1　八重洲口大栄ビル7F
　　　　　　TEL　販売部　03-6202-0386（ご注文等に関するお問い合わせ）
　　　　　　URL　http://starts-pub.jp/
印 刷 所　　大日本印刷株式会社

Printed in Japan

乱丁・落丁などの不良品はお取り替えいたします。上記販売部までお問い合わせください。

本書を無断で複写することは、著作権法により禁じられています。

定価はカバーに記載されています。

ISBN　978-4-8137-0502-4　C0193

スターツ出版文庫　好評発売中!!

『そして君は、風になる。』　朝霧《あさぎり》 繭《まゆ》・著

「風になる瞬間、俺は生きてるんだって感じる」——高校１年の日向は陸上部のエース。その走る姿は、まさに透明な風だった。マネージャーとして応援する幼なじみの柚は、そんな日向へ密かに淡い恋心を抱き続けていた。しかし日向は、ある大切な約束を果たすために全力で走り切った大会後、突然の事故に遭遇し、柚をかばって意識不明になってしまう。日向にとって走ることは生きること。その希望の光を失ったふたりの運命の先に、号泣必至の奇跡が…。

ISBN978-4-8137-0166-8 ／ 定価：本体560円＋税

『記憶喪失の君と、君だけを忘れてしまった僕。』小鳥居《ことりい》ほたる・著

夢も目標も見失いかけていた大学３年の春、僕・小鳥遊公生の前に、華怜という少女が現れた。彼女は、自分の名前以外の記憶をすべて失っていた。何かに怯える華怜のことを心配し、記憶が戻るまでの間だけ自身の部屋へ住まわせることにするも、いつまでたっても華怜の家族は見つからない。次第に二人は惹かれあっていき、やがてずっと一緒にいたいと強く願うように。しかし彼女が失った記憶には、二人の関係を引き裂く、衝撃の真実が隠されていて——。全ての秘密が明かされるラストは絶対号泣！

ISBN978-4-8137-0486-7 ／ 定価：本体660円＋税

『今夜、きみの声が聴こえる』　いぬじゅん・著

高２の茉菜果は、身長も体重も成績もいつも平均点。“まんなかまなか”とからかわれて以来、ずっと自信が持てずにいた。片想いしている幼馴染・公志に彼女ができたと知った数日後、追い打ちをかけるように公志が事故で亡くなってしまう。悲しみに暮れていると、祖母にもらった古いラジオから公志の声が聴こえ「一緒に探し物をしてほしい」と頼まれる。公志の探し物とはいったい……？　ラジオの声が導く切なすぎるラストに、あふれる涙が止まらない！

ISBN978-4-8137-0485-0 ／ 定価：本体560円＋税

『きみと泳ぐ、夏色の明日』　永良《ながら》サチ・著

事故によって川で弟を亡くしてから、水が怖くなったすず。そんなすずにちょっかいを出してくる水泳部のエース、須賀。心を閉ざしているすずにとって、須賀の存在は邪魔なだけだった。しかし須賀のまっすぐな瞳や水泳に対する姿勢を見ていると、凍っていたようなすずの心は次第に溶かされていく。そんな中、水泳部の大会直前に、すずをかばって須賀が怪我をしてしまい——。葛藤しながらも真っ直ぐ進んでいくふたりに感動の、青春小説！

ISBN978-4-8137-0483-6 ／ 定価：本体580円＋税

スターツ出版文庫　好評発売中!!

『神様の居酒屋お伊勢～笑顔になれる、おいない酒～』　梨木《なしき》れいあ・著

伊勢の門前町、おはらい町の路地裏にある『居酒屋お伊勢』で、神様が見える店主・松之助の下で働く莉子。冷えたビールがおいしい真夏日のある夜、常連の神様たちがどんちゃん騒ぎをする中でドスンドスンと足音を鳴らしてやってきたのは、威圧感たっぷりな“酒の神”！ 普段は滅多に表へ出てこない彼が、わざわざこの店を訪れた驚愕の真意とは——。笑顔になれる伊勢名物とおいない酒で、全国の悩める神様たちをもてなす人気作第２弾！「冷やしキュウリと酒の神」ほか感涙の全５話を収録。

ISBN978-4-8137-0484-3 ／ 定価：本体540円＋税

『月の輝く夜、僕は君を探してる』　柊《ひいらぎ》永太《えいた》・著

高３の春、晦人が密かに思いを寄せるクラスメイトの朔奈が事故で亡くなる。伝えたい想いを言葉にできなかった晦人は後悔と喪失感の中、ただ呆然と月日を過ごしていた。やがて冬が訪れ、校内では「女子生徒の幽霊を見た」という妙な噂が飛び交う。晦人はそれが朔奈であることを確信し、彼女を探し出す。亡き朔奈との再会に、晦人の日常は輝きを取り戻すが、彼女の出現、そして彼女についての記憶も全て限りある奇跡と知り…。エブリスタ小説大賞2017スターツ出版文庫大賞にて恋愛部門賞受賞。

ISBN978-4-8137-0468-3 ／ 定価：本体590円＋税

『下町甘味処 極楽堂へいらっしゃい』　涙鳴《るいな》・著

浅草の高校に通う雪菜は、霊感体質のせいで学校で孤立ぎみ。ある日の下校途中、仲見世通りで倒れている着物姿の美青年・円真を助けると、御礼に「極楽へ案内するよ」と言われる。連れていかれたのは、雷門を抜けた先にある甘味処・極楽堂。なんと彼はその店の二代目だった。この甘味はまさに極楽気分に浸れる幸せの味。しかし、雪菜を連れてきた本当の目的は、雪菜に憑いている“あやかしを成仏させる”ことだった！やがて雪菜は霊感体質を見込まれ店で働くことになり…。ほろりと泣けて、最後は心軽くなる、全５編。

ISBN978-4-8137-0465-2 ／ 定価：本体630円＋税

『はじまりは、図書室』　虹月《こうづき》一兎《かずと》・著

図書委員の智沙都は、ある日図書室で幼馴染の裕司が本を読む姿を目にする。彼は智沙都にとって、初恋のひと。でも、ある出来事をきっかけに少しずつ距離が生まれ、疎遠になっていた。内向的で本が好きな智沙都とは反対に、いつも友達と外で遊ぶ彼が、ひとり静かに読書する姿は意外だった。智沙都は、裕司が読んでいた本が気になり手にとると、そこには彼のある秘密が隠されていて——。誰かをこんなにも愛おしく大切に想う気持ち。図書室を舞台に繰り広げられる、瑞々しい“恋のはじまり”を描いた全３話。

ISBN978-4-8137-0466-9 ／ 定価：本体600円＋税

スターツ出版文庫　好評発売中!!

『10年後、夜明けを待つ僕たちへ』　小《こ》春《はる》りん・著

『10年後、集まろう。約束だよ！』――７歳の頃、同じ団地に住む幼馴染５人で埋めたタイムカプセル。十年後、みんな離れ離れになった今、団地にひとり残されたイチコは、その約束は果たされないと思っていた。しかし、突然現れた幼馴染のロクが、「みんなにタイムカプセルの中身を届けたい」と言い出し、止まっていた時間が動き出す――。幼い日の約束は、再び友情を繋いでくれるのか。そして、ロクが現れた本当の理由とは……。悲しすぎる真実に涙があふれ、強い絆に心震える青春群像劇！

ISBN978-4-8137-0467-6 ／ 定価：本体600円＋税

『京都あやかし料亭のまかない御飯』　浅海《あさみ》ユウ・著

東京で夢破れた遥香は故郷に帰る途中、不思議な声に呼ばれ京都駅に降り立つ。手には見覚えのない星形の痣が…。何かに導かれるかのように西陣にある老舗料亭『月乃井』に着いた遥香は、同じ痣を持つ板前・由弦と出会う。丑三時になれば痣の意味がわかると言われ、真夜中の料亭を訪ねると、そこにはお腹をすかせたあやかしたちが!?　料亭の先代の遺言で、なぜかあやかしが見える力を授かった遥香は由弦と“あやかし料亭”を継ぐことになり…。あやかしの胃袋と心を掴む、まかない御飯全３食入り。癒しの味をご堪能あれ！

ISBN978-4-8137-0447-8 ／ 定価：本体570円＋税

『きみと見つめる、はじまりの景色』　騎月孝弘《きづきたかひろ》・著

目標もなく、自分に自信もない秀はそんな自分を変えたくて、高一の春弓道部に入部する。そこで出会ったあずみは、凛とした笑顔が印象的な女の子。ひと目で恋に落ちた秀だったが、ある日、彼女が泣いている姿を見てしまう。実は、彼女もある過去の出来事から逃げたまま、変われずに苦しんでいた。誰にも言えぬ弱さを抱えたふたりは、特別な絆で結ばれていく。そんな矢先、秀はあずみの過去の秘密を知ってしまい――。優しさも痛みも互いに分け合いながら、全力で生きるふたりの姿に、心救われる。

ISBN978-4-8137-0446-1 ／ 定価：本体610円＋税

『ちっぽけな世界の片隅で。』　高倉《たかくら》かな・著

見た目も成績も普通の中学2年生・八子は、恋愛話ばかりの友達も、いじめがあるクラスも、理解のないお母さんも嫌い。なにより、周りに合わせて愛想笑いしかできない自分が大嫌いで、毎日を息苦しく感じていた。しかし、偶然隣のクラスの田岡が、いじめられている同級生を助ける姿を見てから、八子の中でなにかが変わり始める。悩んでもがいて…そうして最後に見つけたものとは？　小さな世界で懸命に戦う姿に、あたたかい涙があふれる――。

ISBN978-4-8137-0448-5 ／ 定価：本体560円＋税

書店店頭にご希望の本がない場合は、書店にてご注文いただけます。